A morte de Ivan Ilitch

Lev Tolstói

edição brasileira©   Hedra 2024
tradução©   Irineu Franco Perpetuo

título original   *Smiert Ivana Ilhitchá*
edição consultada   Смерть Ивана Ильича, em Л.Н. Толстой. Собрание сочинений в 22 т. М.: Художественная литература (1978–1985)

edição   Jorge Sallum
coedição   Suzana Salama
editor assistente   Paulo Henrique Pompermaier
assistência editorial   Julia Murachovsky
capa   Lucas Kröeff

ISBN   978-85-7715-894-2
conselho editorial   Antonio Valverde,
Caio Gagliardi,
Jorge Sallum,
Ricardo Valle,
Tales Ab'Saber,
Tâmis Parron

Grafia atualizada segundo o Acordo Ortográfico da Língua Portuguesa de 1990, em vigor no Brasil desde 2009.

Direitos reservados em língua portuguesa somente para o Brasil

EDITORA HEDRA LTDA.
Av. São Luís, 187, Piso 3, Loja 8 (Galeria Metrópole)
01046-912 São Paulo SP Brasil
Telefone/Fax +55 11 3097 8304
editora@hedra.com.br

www.hedra.com.br
Foi feito o depósito legal.

A morte de Ivan Ilitch

Lev Tolstói

Irineu Franco Perpetuo (*tradução*)

1ª edição

São Paulo   2024

Lev Nikoláievich Tolstói (1828-1910) nasceu na famosa propriedade rural de Iásnaia Poliana, e morreu aos 82 anos na estação provincial de trem de Astápovo. O percurso que se inicia na grande propriedade e termina na pequena estação nada tem de aleatório, mas possui muito de simbólico, pois Tolstói estava em fuga — e em fuga da riqueza para a pobreza, do estável para o incerto, do grande para o pequeno, do teatro social para a simplicidade pessoal. Iniciou com sucesso sua carreira literária com a trilogia *Infância, Adolescência* e *Juventude* (1852–1856). Casou-se com Sófia Andréievna, com quem teria 13 filhos em 15 anos, concebendo, no mesmo período, seus maiores frutos literários: *Guerra e paz* e *Anna Kariênina*. Em sua busca existencial, ambicionou amalgamar cristianismo primitivo, renúncia pessoal e material, anarquismo e pacifismo. Ao mesmo tempo em que criava grandes obras da literatura mundial (*A morte de Ivan Ilitch, Sonata a Kreutzer, Ressurreição, Hadji Murat*), confrontava suas circunstâncias, seus familiares e as autoridades a fim de implementar suas ideias em sua vida e em sua casa: adotou hábitos "monásticos", libertou os servos de sua propriedade e renunciou aos seus direitos autorais, além de se dedicar ao ensaísmo.

A morte de Ivan Ilitch, publicado em 1886, detém-se na corriqueira, e por isso mesmo terrível, vida de um funcionário público médio, repleta de ambições mesquinhas e relações regidas por interesses e conveniências. Na iminência da morte, no entanto, Ivan Ilitch consegue tomar distanciamento para reavaliar a vida que levou até então. A inevitabilidade do fim esvazia de sentido os protocolos sociais, percebidos agora como aparências que não levavam à felicidade. Por meio dessa existência medíocre, o romance expõe as futilidades da classe média na Rússia Imperial. E, do universo cotidiano, mesquinho, ganancioso e pretensioso das repartições, o leitor adentra, paulatinamente, a mais íntima psicologia de Ivan Ilitch.

Irineu Franco Perpetuo é jornalista, tradutor e crítico de música. Autor, entre outros, de *História concisa da música clássica brasileira* (Alameda editorial, 2018). Entre suas traduções, consta *Vida e Destino*, de Vassili Grossman (Ed. Alfaguara, 2014, Prêmio Jabuti de Tradução).

Sumário

Introdução 7
A MORTE DE IVAN ILITCH. 15

Introdução

O mestre do romance psicológico do século XIX

Nascido em 9 de setembro de 1828 na propriedade Iásnaia Poliana, em Tula, subdivisão da Federação Russa, Tolstói perdeu os pais ainda menino e foi educado por tutores e depois por uma tia. Ele ingressou, em 1845, na Universidade de Kazan, mas não chegou a concluí-la, sendo, no fim das contas, autodidata.

Foi durante o serviço militar, passando pelo Cáucaso e pela Crimeia, que começou a escrever. Seu primeiro texto, *Infância*, saiu em 1852 na revista *O contemporâneo*. A fase de seus longos romances, de *Guerra e paz* (1863-69) até *Anna Kariénina* (1873-78), começou após seu casamento, em 1862, com Sófia Andréievna, união que gerou 13 filhos.

Tomado por anseios e inquietações, o escritor intercalou vida literária e outros interesses. "Tolstói é importante não apenas por ser o mestre insuperado do gênero que se costumou chamar *romance psicológico do século XIX*, mas também por seus contos breves, diários e escritos teóricos sobre pedagogia, arte e religião", nas palavras de Aurora Bernardini.

Na década de 1880, o autor aprofundou-se em uma série de crises existenciais e alcançou uma fase que ele próprio definiu como sua "redenção moral". Já praticante do vegetarianismo, abriu mão dos direitos autorais de algumas obras em prol dos camponeses e sistematizou uma série de preceitos filosóficos e religiosos que, reunidos, passaram a ser conhecidos como *tolstoísmo*, doutrina baseada no cristianismo, mas acrescida de outras concepções, que repercutiu no mundo todo e fez com que Tolstói fosse excomungado da Igreja Ortodoxa. Seu último romance foi *Ressurreição* (1889).

Tolstói morreu em 1910, aos 82 anos, de pneumonia. Além da vasta obra que legou à literatura, deixou também uma importante contribuição à educação e à literatura para a infância e a juventude. Além de ter fundado, em 1859, uma escola para camponeses na propriedade onde nascera, criou a *Cartilha* (1871-1872), enorme manual depois desmembrado na *Nova cartilha* (1875) e em quatro *Livros russos para leitura* (1875-1885).

VIDA E MORTE DE IVAN ILITCH

Publicado em 1886, o romance *A morte de Ivan Ilitch* faz parte de uma série de textos breves que um já consagrado Tolstói produzira por volta dos cinquenta anos de vida. Trata-se da história da vida e da morte de Ivan Ilitch Golovin, cujo enredo perfila as escolhas do protagonista, sua vida familiar e o sucesso profissional na carreira judiciária, seguida de adoecimento e morte. As críticas sutis, salpicadas de ironia, expõem as frivolidades da classe média na Rússia Imperial, e os lampejos de consciência do protagonista refletem a áspera jornada da condição humana.

O anúncio da morte de Ivan Ilitch, funcionário público do judiciário imperial russo, em um periódico local abre a narrativa. Seus colegas de trabalho, de certo modo consternados, debatem sobre a morte de Ilitch, mas, ao mesmo tempo, refletem sobre as possíveis realocações — em razão do óbito — nos cargos da repartição e sobre a obrigação desconfortável de comparecer ao velório. É exatamente o caso de Piotr Ivánovitch, que convivera com Ivan Ilitch desde os tempos da escola de jurisprudência, que comparece à vigília ao defunto por mera etiqueta — o que não o impede de comentar com a esposa sobre possíveis benesses que sua família poderia angariar graças à iminente rotatividade dos cargos do tribunal.

Ivánovitch deseja ser breve no velório, afinal marcara um carteado com outros companheiros, mas, ao chegar lá, é interpelado pela viúva, que o chama para conversar, delongando-lhe o passatempo. Ela deseja indagá-lo sobre a possibilidade do recebimento de uma pensão mais vantajosa. Ao ouvir o pedido, ele polidamente recrimina a mesquinharia do Estado, indicando não crer ser possível o recebimento de um benefício mais robusto.

Curioso é que tal diálogo se segue às reclamações da viúva sobre as agruras vividas nos últimos momentos do defunto, que, enquanto esteve moribundo, gritara incessantemente por três dias. Fica evidente, assim, não apenas a incongruência entre a viúva e o marido, especialmente nas horas derradeiras de sofrimento, mas sobretudo a impostura das conversas de velório, protocolo social que encobre os interesses materiais.

Depois da cerimônia e de uma breve conversa com um funcionário da casa, Piotr Ivánovitch vê que ainda é tempo de se divertir, de modo que se dirige à casa do amigo onde ocorria a jogatina.

CRÍTICA AO FUNCIONALISMO PÚBLICO

Desde as primeiras páginas do romance, Ivan Ilitch é descrito como sujeito medíocre e protocolar, nascido em uma família remediada, cujo pai atuava como funcionário público — um daqueles parasitas de atribuições fictícias e salário vultoso. Representado na obra por personagens desse tipo, o Estado se apresenta excessivo, moroso, sedentário e acomodado. Trata-se da falência da intenção de Pedro I e sua tabela de patentes. Por entre os tapinhas nas costas e os favores de funcionários preguiçosos e corruptos, as relações se dão por interesse, e o tráfico de influência parece ser o melhor de todos os planos de carreira.

Críticas ao funcionalismo público, às burocracias ineficazes e aos profissionais de conduta duvidosa são lugar-comum na literatura russa desde os tempos de Gógol e foram abordadas amplamente por ninguém menos que Dostoiévski. É nesse quadro de prevaricação e dependência, sustentado pela enormidade acomodada do Estado, que Ivan Ilitch cresce, estuda e, tal qual o pai, ingressa no funcionalismo público, observando rigorosamente a cartilha social dos obséquios de circunstância e correspondendo ao básico previsto nos costumes e exigido para ascender. Em conversas banais, cumpria as etiquetas pontilhadas de descontentamento leve em relação ao governo, adotando um tom de liberalismo moderado — moda política entre outras, como a moda das gravatas, segundo o machadiano Conselheiro Aires, de *Esaú e Jacó*, também ele acomodado e mediano em tudo, sempre sem o risco de ferir suscetibilidades.

VIDA FAMILIAR E SOCIAL: INCÔMODO NECESSÁRIO OU FARDO INSUPORTÁVEL

Se é verdade que todo homem decente e funcionário respeitável deve casar-se, Ivan Ilitch cumpriu à risca essa obrigação, não sem o ônus do matrimônio aborrecido. Apesar de um início entusiasmado, o casamento rapidamente arrefece e dá lugar à mesquinharia dos conflitos cotidianos, que levam Ivan Ilitch a afastar-se dos familiares e a refugiar-se no trabalho.

A sensação de alienção não se restringe à esfera familiar. Todos ao redor de Ilitch, em verdade, parecem estranhos com os quais, em nome das aparências, ele é obrigado a conviver. Sem vínculo afetivo, a família é o uniforme a vestir para a sociedade, da mesma maneira que o juiz precisa cingir-se da toga — uma formalidade, uma indumentária tradicional que confere distinção a quem dela se recobre. Esvazia-se completamente o significado das relações familiares e do serviço público.

À margem da dedicação ao trabalho, o verdadeiro prazer de Ivan Ilitch são os jogos de baralho, em que sobressaíam seus talentos. Mas uma nova mão de cartas no funcionalismo público da província ameaça-lhe o conforto e a possibilidade de promoção. Frustrado, ele viaja à capital do Império, buscando realocação e, em novo lance de sorte, encontra no trem conhecidos dispostos a auxiliá-lo. Com isso, alcança a transferência para um cargo de ordenado de cinco mil rublos e mais três mil e quinhentos de abono pela mudança.

O sucesso do novo posto corre de boca em boca e se espalha pela família, que confirma a vocação de combinar afeto e interesse: parentes que há muito não faziam contato procuram Ilitch, à cata de um benefício, por menor que fosse.

SUCESSO E OCASO DE IVAN ILITCH

Entusiasmado consigo próprio, Ivan Ilitch se antecipa à mudança da família com o pretexto de preparar um bom lar que impressionasse a todos — nova expressão do interesse pessoal travestido de zelo familiar. Mas um novo e definitivo golpe do destino, ainda nos preparativos finais, faz que Ivan Ilitch sofra uma queda, uma pancada forte no flanco esquerdo. Considerando o acidente um infortúnio sem importância, Ilitch recebe esposa e filhos com felicidade e até brinca, afetando o próprio acidente, e assume o posto de bom ordenado, apenas a quinhentos rublos de uma vida satisfatória. Porém, a euforia advinda do sucesso profissional e da mudança rapidamente se esboroa, quando ele passa a sentir uma dor constante, que o incomodava na hora da alimentação, e a exalar um cheiro repugnante pela boca. A tênue harmonia conjugal, alcançada pela mediação do entusiasmo da mudança, também acaba por deteriorar-se, reeditando na capital as mazelas da província.

Do incômodo à irritabilidade, e desta ao mal-estar físico e psicológico crônico: Ilitch se consulta com médicos renomados, famosos, alternativos. Cada um deles promete uma cura milagrosa, a perder de vista. Numa revelação efêmera da falência humana, e sobretudo de si mesmo, Ivan Ilitch vê naqueles doutores de araque a arrogância da academia que despreza o paciente, sem o menor interesse em ouvir-lhe as queixas, em postura similar à que ele próprio tivera como juiz na condução dos procedimentos jurídicos e na oitiva dos comuns que contavam com ele.

Enquanto o desespero lhe consome a consciência, lembra-se dos silogismos de escola, em que aprendera que, se todo homem é mortal, e Caio é homem, logo Caio é mortal. Mas pouco importa: é a consciência da própria mortalidade que aprofunda a agonia de Ivan Ilitch, que não deseja a morte, mas se vê obrigado a escapar do incômodo incessante por meio do alívio do ópio. O padecimento é agora nascedouro da consciência: ao divisar a sinuosidade tíbia da própria história, percebe que tem raras lembranças felizes.

E nesse despertar rumo à campa, irrita-lhe a percepção de que a família segue a vida normalmente e de que se tornou um estorvo, talvez sempre o tenha sido, sem ter construído nada de que se orgulhasse, nem mesmo vínculos familiares genuínos: a futilidade da esposa, o relacionamento nada desinteressado da filha com um carreirista e os estudos do filho são desdobramentos da própria mediania acomodada do pai da família.

Essa enfiada de decepções se amalgama com a autopiedade deprimente que atribui a terceiros a responsabilidade pelos infortúnios. Ivan Ilitch se enche de ódio à mulher, que, por sua vez, também aguardava a morte do esposo, mas que se afasta desse desejo temendo a perda do ordenado.

A REDENÇÃO EM UM AMIGO INESPERADO

Ponto de convergência do enredo, espécie de respiradouro pelo qual a atmosfera venenosa das conveniências se desanuvia, em alguma medida: os cuidados do criado Guerássim fulguram nos últimos dias de Ivan Ilitch. Ao contrário de médicos, parentes e colegas do protagonista, Guerássim tinha a boa vontade que animava o burocrata moribundo. O jovem mujique, de vistosa compleição, levantava-lhe as pernas, única posição em que Ivan Ilitch se sentia confortável, por horas a fio, sem queixas, para alívio do patrão.

O criado mantinha a centelha do desinteresse em todas as atitudes, opondo-se ao individualismo *blasé* do ambiente em que Ivan Ilitch vivera ao longo da vida. Era o único que não cultivava as falsas esperanças do patrão moribundo: sabia que ele morreria e lidava naturalmente com isso. Para Guerássim, os cuidados não eram perda de tempo, apesar da inevitabilidade da morte. Interessava-lhe o espírito abnegado de serviço ao próximo, por meio do qual renovava a vida diariamente.

É nos estertores que Ivan Ilitch cai em si e conhece a frivolidade da vida que levara. Ele lamenta o tempo perdido com vulgaridades e percebe que a razão da colheita insípida foi fruto de sua própria semeadura medíocre, além de entender que toda a pompa fora inútil e que a vida se resumira, com exceção de algumas recordações da meninice, a uma rotina afetada.

Em chave similar à das *Memórias póstumas de Brás Cubas*, de Machado de Assis, o ponto de partida de *A morte de Ivan Ilitch* é o perecimento do personagem principal. Mas o sentido profundo das *Memórias* é que o defunto-autor relate a própria morte, e depois o gozo fútil da vida, para perpetuar a própria consciência, fundada na mentalidade escravista. De aparência galhofeira, mas de base radicalmente violenta, o discurso de Brás Cubas repõe no presente os abusos do passado. No texto de Tolstói, por sua vez, as fulgurações de consciência de Ivan Ilitch iluminam, ainda que só por um instante, o universo ganancioso e pretensioso das famílias e repartições, e desvanecem aos poucos, até que o protagonista atinja um estado contemplativo e benevolente, algo sublime, de aceitação da finitude e do próprio desaparecimento — muito distinta da perenização brutal do escravismo do grande proprietário brasileiro.

Nas últimas horas, Ilitch se compadece do sofrimento da esposa, das olheiras do filho e da ambição da filha, momentos de compaixão genuína, que se opõe ao oceano de afetação em que a família vivia até então. Nessa circunstância, o amor à família converte-se em experiência fundamental, remissiva, que faculta a Ivan Ilitch uma sólida paz de espírito e lhe permite alçar-se a uma realidade maior que a dele próprio: é esse o momento de libertar-se da dor e do pavor de morrer. Um instante apenas entre a vida e a morte: o sopro derradeiro desse interstício vai de par com a harmonia simples e renovada entre essência e consciência, que dá ao cadáver uma expressão mais significativa do que a que tivera em vida.

Dos editores

A morte de Ivan Ilitch

I

No grande edifício da Justiça, no intervalo da audiência do caso dos Melvínski, os membros do tribunal e o promotor entraram no gabinete de Ivan Iegórovitch Chébek e a conversa discorreu a respeito do caso Krássov. Fiódor Vassílievitch exaltou-se ao demonstrar que não era da competência da corte, Ivan Iegórovitch permaneceu com sua opinião e Piotr Ivánovitch, que não participava da discussão desde o início, não intervinha, folheando o recém-recebido *Boletim*.

— Senhores! — disse. — Ivan Ilitch morreu.

— É mesmo?

— Está aqui, leia — disse Fiódor Vassílievitch, entregando-lhe a edição fresca, que ainda recendia: "É com pesar no coração que Praskóvia Fiódorovna Goloviná comunica a parentes e conhecidos o falecimento de seu amado esposo, o membro da Câmara de Justiça[1] Ivan Ilitch Golovin, ocorrido em 4 de fevereiro do ano corrente de 1882. O cortejo sai na sexta-feira, à uma da tarde".

Ivan Ilitch fora colega dos senhores ali reunidos, e todos gostavam dele. Já vinha doente há algumas semanas; dizia-se que sua doença era incurável. Sua vaga fora deixada em aberto, mas considerava-se que, em caso de morte, Aleksêiev poderia ser designado para seu lugar e, para o lugar de Aleksêiev, Vínikov ou Chtábel. De modo que, ao ouvir sobre a morte de Ivan Ilitch, o

---

1. De acordo com a reforma de 1864, os tribunais comuns, encarregados das causas convencionais (excetuando as espirituais e militares), tinham duas instâncias: o tribunal distrital e a câmara judicial. Ivan Ilitch era membro do tribunal de segunda instância. [N. E.]

primeiro pensamento de cada um dos senhores reunidos no gabinete foi que significado essa morte poderia ter para transferência ou promoção deles mesmos ou de seus conhecidos.

"Agora provavelmente vou receber a vaga de Chtábel ou Vínikov — pensou Fiódor Vassílievitch. — Prometeram-me há muito tempo, e essa promoção vai significar 800 rublos de aumento para mim, fora a chancelaria."

"Agora terei que pedir a transferência do cunhado de Kaluga — pensou Piotr Ivánovitch. — Minha mulher vai ficar muito feliz. Agora não vai mais poder dizer que nunca fiz nada por seus parentes."

— Eu achava mesmo que ele nunca ia se levantar — disse Piotr Ivánovitch, em voz alta. — É triste.

— Mas, em suma, o que ele tinha?

— Os doutores não conseguiram determinar. Ou melhor, determinaram, mas com divergências. Quando o vi pela última vez, tive a impressão de que ia sarar.

— Já eu não o visitava desde os feriados. Ficava sempre me preparando para ir.

— Então, ele tinha patrimônio?

— Parece que a mulher tem muito pouco. Mas é algo insignificante.

— Sim, vamos ter que ir. Eles moravam terrivelmente longe.

— Quer dizer, é longe do senhor. Tudo é longe do senhor.

— Não consegue me perdoar por morar do outro lado do rio — disse Piotr Ivánovitch, sorrindo para Chébek. Passaram a falar de outras distâncias da cidade, e se encaminharam à audiência.

Além das considerações sobre transferências e possíveis mudanças no trabalho que essa morte provocava em cada um, o próprio fato da morte de um conhecido próximo provocou em todos que ficaram sabendo, como sempre, uma sensação de alegria devido a ter morrido ele, e não eu.

"Aquele ali morreu; mas eu não" — pensou ou sentiu cada um. Os conhecidos próximos, os assim chamados amigos de Ivan Ilitch, além disso pensaram a contragosto que agora deveriam cumprir obrigações de decoro bastante aborrecidas, comparecer ao funeral e apresentar os pêsames à viúva.

Os mais próximos de todos eram Fiódor Vassílievitch e Piotr Ivánovitch.

Piotr Ivánovitch fora colega na escola de Direito, e se sentia com obrigações para com Ivan Ilitch.

Depois de informar a mulher, durante o jantar, da morte de Ivan Ilitch, e de considerar a hipótese do deslocamento do cunhado para seu distrito, Piotr Ivánovitch, sem se deitar para descansar, vestiu o fraque e foi à casa de Ivan Ilitch.

Na entrada do apartamento de Ivan Ilitch, havia uma carruagem e dois cocheiros. Embaixo, na antessala, junto ao cabide, estava encostada na parede a tampa do caixão, coberta de brocado, com borlas e galões polidos. Duas damas de preto tiravam as peliças. Uma, irmã de Ivan Ilitch, era conhecida; a outra, uma dama desconhecida. Um colega de Piotr Ivánovitch, Schwartz, vinha de cima e, ao ver, do degrau superior, o recém-chegado, deteve-se e piscou para ele, como que dizendo: "Ivan Ilitch comportou-se de forma estúpida; conosco, a coisa é diferente".

O rosto de Schwartz, com suíças à inglesa, e toda sua figura magra, de fraque, possuía, como sempre, uma solenidade elegante, e tal solenidade, sempre em contraste com seu caráter brincalhão, adquiria aqui um sabor especial. É o que pensava Piotr Ivánovitch.

Piotr Ivánovitch cedeu passagem às damas, seguindo-as devagar, pela escada. Schwartz não se pôs a descer, mas ficou em cima. Piotr Ivánovitch entendeu por que: ele obviamente queria combinar onde jogar uíste naquela noite. As damas subiram a escada até a viúva, enquanto Schwartz, com os lábios apertados com firmeza e seriedade, e olhar brincalhão, apontava para Piotr Ivánovitch, com um movimento de sobrancelha, para a direita, para a câmara mortuária.

Piotr Ivánovitch entrou, como sempre acontece, confuso a respeito de como proceder. Só sabia que fazer o sinal da cruz, nesses casos, nunca era demais. Não estava completamente seguro de que também seria necessário se persignar e, por isso, escolheu o caminho do meio: ao entrar no quarto, começou a fazer o sinal da cruz, e fez menção de se persignar. Além disso, deu uma olhada no quarto, o quanto lhe permitiram os movimentos do braço e da cabeça. Dois jovens, sendo um colegial — ao que parece, os sobrinhos —, saíam do quarto fazendo o sinal da cruz. Uma velha estava de pé, imóvel. E uma dama, com as sobrancelhas erguidas de forma estranha, cochichava-lhe algo. Um sacristão de sobrecasaca, animado, decidido, lia algo em voz alta, com expressão que excluía qualquer objeção; o auxiliar de copeiro Guerássim, passando por Piotr Ivánovitch com passos leves, polvilhava algo no chão. Ao ver isso, Piotr Ivánovitch imediatamente sentiu o leve cheiro de cadáver em decomposição. Em sua última visita a Ivan Ilitch, Piotr Ivánovitch vira esse auxiliar no gabinete; cumpria a função de enfermeiro, e Ivan Ilitch gostava especialmente dele. Piotr Ivánovitch fazia o sinal da cruz o tempo todo, inclinando-se em uma direção intermediária entre o caixão, o sacristão e as imagens que estavam na mesa do canto. Depois, quando achou que já tinha feito por muito tempo o movimento de se benzer com a mão, parou e se pôs a examinar o morto.

O morto jazia, como sempre jazem os mortos, de forma especialmente pesada, como um morto, com os membros rígidos afogados no forro do caixão, com a cabeça curvada para sempre para o travesseiro, e exibia, como os mortos sempre exibem, sua testa amarela de cera com entradas acima das têmporas afundadas e o nariz saliente, como que pressionando o lábio superior. Mudara muito e até emagrecera desde que Piotr Ivánovitch o vira, mas, como em todos os mortos, seu rosto estava mais belo e, principalmente, mais expressivo do que em vida. No rosto havia a expressão de que aquilo que tivera que ser feito fora feito, e bem feito. Além disso, nessa expressão havia também uma recriminação ou lembrança aos vivos. Piotr Ivánovitch achou essa lembrança despropositada ou, pelo menos, sem lhe dizer respeito. Algo o fez sentir desagrado e, por isso, Piotr Ivánovitch voltou a fazer o sinal da cruz, apressado e, em sua opinião, apressado demais, de forma indecorosa, virou-se e se encaminhou para a porta. Schwartz o aguardava no quarto de passagem, de pernas bem abertas e com as mãos para trás, brincando com sua cartola. O mero olhar para a figura brincalhona, asseada e elegante de Schwartz revigorou Piotr Ivánovitch. Compreendeu que ele, Schwartz, estava acima daquilo e não se entregaria a impressões desalentadoras. Seu mero aspecto falava por si: o incidente do funeral de Ivan Ilitch não podia servir de forma alguma como pretexto suficiente para reconhecer a ruptura da ordem da sessão, ou seja, nada poderia impedi-lo, naquela noite, de fazer estalar, ao tirar do embrulho, um maço de cartas, no momento em que um lacaio separava quatro velas novas; em suma, não havia razão para supor que aquele incidente pudesse impedi-los de passar a noite presente de forma agradável. Ele até cochichou isso a Piotr Ivánovitch, de passagem, convidando-o a se juntar à partida na casa de Fiódor Vassílievitch. Porém, pelo visto, Piotr Ivánovitch não estava destinado a jogar uíste naquela noite. Praskóvia Fiódorovna, mulher baixa e gorda que, apesar de todos os esforços em contrário, dilatava-se assim mesmo abaixo dos ombros, toda de preto, de cabeça coberta de renda e umas sobrancelhas erguidas de jeito tão estranho quanto as da mulher que estava de pé na frente do caixão, saiu de seus aposentos com outras damas e, levando-as até a porta do morto, disse:

— O serviço fúnebre vai ser agora; entrem.

Schwartz, com uma reverência vaga, ficou parado, sem aceitar ou recusar a proposta de forma clara. Praskóvia Fiódorovna, reconhecendo Piotr Ivánovitch, suspirou, encaminhou-se até ele, tomou-o pela mão e disse:

— Sei que o senhor era um amigo de verdade de Ivan Ilitch — e o fitou, esperando que ele agisse de acordo com essas palavras.

Piotr Ivánovitch sabia que, assim como antes tivera que fazer o sinal da cruz, agora tinha que apertar a mão, suspirar e dizer: "Pode crer!". E o fez. E, ao fazê-lo, sentiu que obtivera o resultado desejado: estava tocado, e ela também.

— Vamos antes que comece; preciso falar com o senhor — disse a viúva. — Dê-me o braço.

Piotr Ivánovitch deu-lhe o braço, e eles se dirigiram para um quarto interno, passando por Schwartz, que lhe lançou uma piscada triste: "Olha só o nosso uíste! Não leve a mal, acharemos outro parceiro. Talvez joguemos em cinco, quando se livrar" — dizia seu olhar brincalhão.

Piotr Ivánovitch soltou um suspiro ainda mais profundo e triste, e Praskóvia Fiódorovna apertou sua mão, agradecida. Ao entrar na sala de visitas forrada de cretone rosa, com um candeeiro mortiço, sentaram-se à mesa: ela no sofá, e Piotr Ivánovitch em um pufe baixinho, de molas desarranjadas, que ficou amassado de forma irregular quando ele se acomodou. Praskóvia Fiódorovna quisera avisá-lo para se sentar em outra cadeira, mas achou que esse aviso não estava de acordo com sua situação e desistiu. Ao tomar assento naquele pufe, Piotr Ivánovitch lembrou-se de como Ivan Ilitch decorara a sala, pedindo seu conselho a respeito do cretone rosa com folhas verdes. Ao tomar assento no sofá e passar em frente à mesa (em suma, toda a sala estava cheia de coisas e móveis), a viúva prendeu a renda da mantilha preta no entalhe da mesa. Piotr Ivánovitch se levantou para desenganchá-la e o pufe, livre dele, começou a se agitar e a empurrá-lo. A viúva se pôs a desenganchar a renda, e Piotr Ivánovitch voltou a se sentar, esmagando o pufe rebelde. Só que a viúva não a desenganchou completamente, Piotr Ivánovitch voltou a se levantar, e o pufe voltou a se rebelar, chegando a dar um estalo. Quando tudo isso acabou, ela tirou um lenço limpo de cambraia e se pôs a chorar. O episódio com a renda e a luta com o pufe esfriaram Piotr Ivánovitch, que permanecia sentado, carrancudo. A situação incômoda foi desfeita por Sokolov, o copeiro de Ivan Ilitch, ao anunciar que o lugar no cemitério designado por Praskóvia Fiódorovna custaria duzentos rublos. Ela parou de chorar e, com ar de sacrifício, olhou para Piotr Ivánovitch, dizendo, em francês, que era muito duro para ela. Piotr Ivánovitch fez um gesto silencioso para exprimir sua certeza indubitável de que não podia ser de outra forma.

— Fume, por favor — ela disse, com voz ao mesmo tempo magnânima e alquebrada, e tratou da questão do preço do lugar com Sokolov. Acendendo o cigarro, Piotr Ivánovitch ouvia-a fazer um detalhado interrogatório sobre os diversos preços de terra, determinando qual deveria pegar. Depois de resolver o lugar, decidiu também sobre os cantores. Sokolov partiu.

— Faço tudo eu mesma — ela disse a Piotr Ivánovitch, afastando para o lado os álbuns que estavam na mesa; e, ao reparar que a cinza ameaçava a mesa, empurrou sem tardar um cinzeiro para o interlocutor, dizendo: — Considero hipocrisia fazer crer que o pesar me impede de me ocupar de assuntos práticos. Pelo contrário, se algo pode, não me consolar... mas distrair, são os cuidados para com ele. — Voltou a tirar o lenço, como que se preparando para chorar e, de repente, como que se dominando, animou-se e passou a falar, calma:

— Contudo, tenho um assunto para tratar com o senhor.

Piotr Ivánovitch inclinou-se, sem deixar escapar as molas do pufe, que imediatamente começaram a se mexer embaixo dele.

— Nos últimos dias, ele sofreu de forma terrível.
— Sofreu muito? — perguntou Piotr Ivánovitch.
— Ah, foi terrível! Não nos últimos minutos, mas nas últimas horas não parava de gritar. Gritou por três dias seguidos, sem poupar a voz. Foi insuportável. Não consigo entender como suportei isso; dava para ouvir através de três portas. Ah! O que eu suportei!

— Mas será que estava consciente? — perguntou Piotr Ivánovitch.
— Sim — ela sussurrou —, até os últimos minutos. Despediu-se de nós um quarto de hora antes da morte, e ainda pediu que trouxessem Volódia.[2]

A ideia do sofrimento do homem que conhecera tão de perto, primeiro como um menino feliz, um escolar, depois como par-

---

2. Apelido de Vladímir. [N. T.]

ceiro adulto, horrorizou de repente Piotr Ivánovitch, apesar da consciência desagradável de seu próprio fingimento e do daquela mulher. Voltou a avistar aquela testa, o nariz pressionando o lábio, e temeu por si.

"Três dias de sofrimentos horríveis e a morte. Afinal, agora mesmo, a qualquer minuto, isso também pode me acontecer", pensou, e teve um medo instantâneo. Porém, imediatamente, sem que ele mesmo soubesse como, ocorreu-lhe o pensamento banal de que aquilo sucedera a Ivan Ilitch, e não a ele, e de que aquilo não devia e não podia lhe suceder; de que, pensando daquela forma, estava se entregando a um estado de espírito sombrio, o que não era adequado fazer, como estava evidente no rosto de Schwartz. E, fazendo tal raciocínio, Piotr Ivánovitch sossegou e passou a inquirir com interesse detalhes a respeito do fim de Ivan Ilitch, como se a morte fosse um incidente que dizia respeito apenas a Ivan Ilitch, e não lhe dizia respeito de forma alguma.

Depois de uma conversa sobre os vários detalhes dos sofrimentos físicos realmente horríveis de que Ivan Ilitch padeceu (detalhes de que Piotr Ivánovitch só ficou sabendo porque o tormento de Ivan Ilitch agira sobre os nervos de Praskóvia Fiódorovna), a viúva, obviamente, achou necessário passar para o assunto.

— Ah, Piotr Ivánovitch, como é duro, como é horrivelmente duro, como é horrivelmente duro — e voltou a chorar.

Piotr Ivánovitch suspirou e esperou-a assoar o nariz. Depois, ele disse:

— Pode crer... — e ela voltou a falar e expôs o que era, evidentemente, o principal assunto a tratar com ele; o assunto consistia em perguntar como obter dinheiro do erário em caso de morte do marido. Fazia cara de que estava pedindo a Piotr Ivánovitch um conselho sobre pensão, mas ele via que ela já sabia os menores detalhes, inclusive que ele desconhecia, a respeito do que dava para arrancar do erário em caso de morte; o que ela desejava saber, porém, era a possibilidade de arrancar ainda mais dinheiro, de algum jeito. Piotr Ivánovitch esforçou-se por imaginar um meio, mas, depois de pensar um pouco e, por bom-tom, criticar nosso governo por sua avareza, disse que, ao que parecia, não dava para arrancar mais. Daí ela suspirou e, obviamente, começou a imaginar um meio de se livrar do visitante. Ele compreendeu, apagou a *papirossa*,[3] apertou-lhe a mão e se encaminhou para a antessala.

Na sala de jantar, com o relógio que Ivan Ilitch alegrava-se tanto por ter comprado em um bricabraque, Piotr Ivánovitch encontrou um sacerdote e uns conhecidos que tinham vindo para o serviço fúnebre, avistando uma bela moça que conhecia, a filha de Ivan Ilitch. Estava toda de preto. Sua cintura, bastante fina, parecia ainda mais fina. Tinha um ar sombrio, decidido, quase irritado. Inclinou-se para Piotr Ivánovitch como se ele fosse culpado de algo. Atrás da filha estava, com o mesmo ar ofendido, um jovem rico, juiz de instrução e seu noivo, pelo que ouvira dizer. Fez-lhes uma reverência triste e quis ir para a câmara mortuária quando, debaixo da escada, apareceu a figura do filho, um colegial terrivelmente parecido com Ivan Ilitch. Era o pequeno Ivan Ilitch, como Piotr Ivánovitch se recordava dele na Escola Imperial de Direito. Seus olhos eram chorosos e impuros, como acontece com meninos de treze, catorze anos. Ao avistar Piotr Ivánovitch, o menino começou a se encrespar, severo e envergonhado.

Piotr Ivánovitch meneou-lhe a cabeça e entrou na câmara mortuária. O serviço fúnebre começara: velas, lamentos, incenso, lágrimas, soluços. Piotr Ivánovitch franziu o cenho, contemplando os pés que estavam na sua frente. Não olhou nenhuma vez para o morto, até o fim não se entregou às influências enfraquecedoras, e foi um dos primeiros a sair. Não havia ninguém na antessala. Guerássim, o auxiliar de copeiro, surgiu do quarto do defunto, revolvendo com as mãos fortes todas as peliças para encontrar a de Piotr Ivánovitch, que entregou a ele.

— E então, irmão Guerássim? — disse Piotr Ivánovitch, para dizer alguma coisa. — Triste?

— É a vontade de Deus. Todos chegaremos lá — disse Guerássim, arreganhando os dentes brancos e perfeitos de mujique e,

---

3. Cigarro com boquilha de cartão. [N. T.]

na qualidade de homem no auge de um trabalho intenso, abriu a porta com vivacidade, chamou o cocheiro, acomodou Piotr Ivánovitch e pulou de volta para a entrada da casa, como que pensando no que ainda tinha que fazer.

Piotr Ivánovitch achou especialmente agradável respirar ar puro depois do cheiro de incenso, cadáver e ácido fênico.

— Para onde manda? — perguntou o cocheiro.

— Não está tarde. Ainda vou passar na casa de Fiódor Vassílievitch.

E Piotr Ivánovitch foi. E realmente surpreendeu-os depois do fim do primeiro *rubber*,[4] de modo que pôde se juntar como quinto jogador.

---

4. Rodada constituída de três partidas separadas. [N. T.]

II

A história pregressa da vida de Ivan Ilitch era a mais simples e corriqueira, e a mais terrível.

Ivan Ilitch morreu aos 45 anos, membro da Câmara de Justiça. Era filho de um funcionário público que, em diversos ministérios e departamentos, fizera aquela carreira que leva as pessoas à situação na qual, embora fique claro que não estão aptas a desempenhar qualquer função significativa, não podem ser despedidas devido ao cargo e tempo de serviço e, por isso, recebem postos fictícios por nada fictícios milhares de rublos, de seis a dez, com os quais vivem até a mais avançada velhice.

Assim era o conselheiro privado Ilia Efímovitch Golovin, membro desnecessário de diversas instituições desnecessárias.

Teve três filhos. Ivan Ilitch era o segundo. O mais velho fez a mesma carreira do pai, só que em outro ministério, e já estava perto da idade funcional com a qual receberia aquela inércia de vencimentos. O terceiro filho era um fracassado. Queimara-se em diversos empregos e agora trabalhava na estrada de ferro: seu pai, irmãos e, especialmente, as mulheres deles não apenas não gostavam de encontrá-lo, como não se lembravam de sua existência, a não ser em caso de extrema necessidade. A irmã se casara com o barão Gref, funcionário de São Petersburgo do mesmo naipe de seu sogro. Ivan Ilitch era *le phénix de la famille*,[1] como diziam. Não era tão frio e cuidadoso quanto o mais velho, nem tão desesperado quanto o caçula. Era o meio termo entre eles, uma pessoa inteligente, animada, agradável e decente. Cursou Direito junto com o irmão menor. O caçula

---

1. A fênix da família, em francês no original. [N. T.]

não terminou e foi expulso do quinto ano, enquanto Ivan Ilitch terminou o curso bem. Na Escola de Direito, já era como seria posteriormente, ao longo de toda a vida: uma pessoa capaz, alegre, bonachona e sociável, porém severa cumpridora do que considerava seu dever; e considerava seu dever tudo que era assim considerado pelas pessoas de posição elevada. Não fora bajulador nem em criança, nem depois, adulto, só que, desde a juventude, sentia-se atraído pelas pessoas de posição social elevada, como uma mosca pela luz, assimilando seus modos, sua visão de vida e estabelecendo com elas relações de amizade. Todas as paixões de infância e juventude passaram por ele sem deixar grandes traços; entregou-se à sensualidade, à vaidade e — no fim do curso, nos últimos anos — ao liberalismo, mas sempre dentro de limites conhecidos, que o instinto lhe apontava com correção.

Na Escola de Direito, cometeu atos que, anteriormente, pareciam-lhe muito torpes, e lhe suscitavam aversão por si mesmo no momento em que os cometia; porém, em seguida, ao ver que tais atos eram cometidos também por gente de posição elevada, que não os considerava ruins, não chegou a reconhecê-los como bons, porém os esqueceu por inteiro, e não se amargurava ao recordá-los.

Saindo da Escola de Direito com a décima classe,[2] e tendo recebido do pai o dinheiro para o uniforme, Ivan Ilitch encomendou uma indumentária a Charmer, pendurou no berloque uma medalha com a inscrição *respice finem*,[3] despediu-se do príncipe e dos professores, jantou com os colegas no Donon e de mala, roupa de baixo, trajes, apetrechos de barbear, itens de toalete e uma manta, tudo novo e da moda, encomendado e adquirido nas melhores lojas, partiu para a província com o cargo de funcionário de encargos especiais do governador, que o pai tinha lhe arranjado.

2. Criada em 1722 por Pedro, o Grande, e em vigor até a Revolução de 1917, uma tabela de patentes, que ia até a décima quarta classe, regulava o serviço civil na Rússia tsarista. A décima classe correspondia ao grau de secretário colegiado. [N. T.]
3. Considera o fim, em latim no original. [N. T.]

Na província, Ivan Ilitch logo estabeleceu o mesmo tipo de situação leve e agradável de que desfrutara na Escola de Direito. Serviu, fez carreira e, além disso, divertiu-se de modo agradável e decente; às vezes, ia aos distritos por incumbência da chefia, portando-se com dignidade com superiores e inferiores e desempenhando, com fidelidade e integridade das quais não tinha como não se orgulhar, as incumbências que lhe eram confiadas, predominantemente relacionadas a cismas religiosos.

Nos assuntos de serviço era, apesar da juventude e da inclinação à alegria ligeira, extraordinariamente contido, formal e até severo; em sociedade, porém, era frequentemente brincalhão, afiado e sempre bonachão, decoroso e *bon enfant*,[4] como diziam o chefe e a mulher dele, para os quais ele era da família.

Houve na província uma ligação com uma dama que se atirara em cima do jurista janota; houve também uma modista; houve também pileques com *Flügeladjutants*[5] de passagem, e incursões a uma rua distante após o jantar; houve também bajulação ao chefe e até à mulher dele, mas tudo isso foi conduzido em um tom tão elevado de probidade que não seria possível definir com palavras más: tudo isso ficava sob a rubrica da máxima francesa *il faut que jeunesse se passe*.[6] Tudo sucedeu com mãos limpas, camisas limpas, palavras francesas e, o principal, na mais alta sociedade e, consequentemente, com a aprovação das pessoas em posição elevada.

Ivan Ilitch serviu desse modo durante cinco anos, quando veio uma mudança no trabalho. Surgiram novas instituições judiciárias; novos homens eram necessários.

E Ivan Ilitch se tornou esse novo homem.

Ofereceram-lhe o cargo de juiz de instrução, e Ivan Ilitch o aceitou, apesar desse posto ser em outra província, e de ele ter que deixar as relações estabelecidas e criar novas. Os amigos de

---

4. Bom menino, em francês no original. [N. T.]
5. Oficiais do séquito do tsar. [N. T.]
6. Há que se perdoar a juventude, em francês no original. [N. T.]

Ivan Ilitch se reuniram, ofereceram-lhe uma cigarreira de prata, e ele partiu para o novo posto.

No cargo de juiz de instrução, Ivan Ilitch foi tão *comme il faut*[7] e decente quanto fora como funcionário de encargos especiais, sabendo separar as obrigações de serviço da vida privada, o que suscitou admiração geral. O próprio trabalho de juiz de instrução parecia a Ivan Ilitch muito mais interessante e atraente que o anterior. No serviço anterior, era agradável passar livremente de uniforme de Charmer pelos visitantes trêmulos, que aguardavam para ser recebidos, e pelos servidores que o invejavam enquanto ia direto ao gabinete do chefe, para se sentar com ele para um chá com *papirossa*; porém, as pessoas que dependiam diretamente de seu arbítrio eram poucas. Essas pessoas eram apenas os *isprávniks*[8] e os cismáticos religiosos, quando era enviado em missão; e ele gostava de tratar os que dependiam de si com cortesia e quase camaradagem, gostava de fazer sentir que ele, que tinha o poder de esmagar, tratava-os de forma amigável e simples. Naquela época, essas pessoas eram poucas. Mas agora, como juiz de instrução, Ivan Ilitch sentia que todos, todos, sem exceção, as pessoas mais importantes e autossuficientes estavam todas em suas mãos, e que lhe bastava apenas escrever palavras conhecidas no papel timbrado e aquela pessoa importante e autossuficiente lhe seria trazida na qualidade de acusada ou testemunha e que, se não quisesse convidá-la a sentar-se, ela ficaria de pé diante dele, respondendo às suas perguntas. Ivan Ilitch jamais abusou desse poder, tentando, pelo contrário, suavizar sua expressão; porém, a consciência de tal poder e da possibilidade de suavizá-lo constituíam a coisa mais interessante e atraente de seu novo serviço. No trabalho em si, precisamente na instrução, Ivan Ilitch assimilou muito rápido os meios de afastar de si todas as circunstâncias que não se referissem ao serviço, e de enquadrar mesmo os casos mais complicados de uma forma que eles apare-

---

7. Como tem que ser, em francês no original. [N. T.]
8. Comissário de polícia distrital da Rússia tsarista. [N. T.]

cessem no papel apenas em seu aspecto externo, o que excluía completamente sua opinião pessoal e, principalmente, observava todas as formalidades exigidas. Isso era uma coisa nova. E ele foi um dos primeiros a aplicar na prática os decretos de 1864.[9]

Ao mudar para uma nova cidade no posto de juiz de instrução, Ivan Ilitch estabeleceu novos conhecimentos e ligações, assumiu outra postura e adotou um tom algo diferente. Colocava-se com certa distância digna dos poderes da província, mas escolhera o melhor círculo da nobreza judiciária e endinheirada que vivia na cidade, adotando um tom de leve descontentamento para com o governo, de um liberalismo moderado e de civismo civilizado. Além disso, sem mudar em nada a elegância de seu vestir, Ivan Ilitch, no novo cargo, parou de depilar o queixo e deu à barba liberdade para crescer como quisesse.

Na nova cidade, a vida de Ivan Ilitch também se arranjou de forma muito agradável; a sociedade que se opunha ao governador era amigável e boa; os vencimentos eram maiores, e um grande prazer à vida foi acrescido pelo uíste, que Ivan Ilitch começou a jogar com alegria, raciocinando de forma rápida e fina, de modo que, em geral, estava sempre entre os vencedores.

Depois de dois anos de serviço na nova cidade, Ivan Ilitch encontrou sua futura esposa. Praskóvia Fiódorovna Míkhel era a moça mais atraente, inteligente e brilhante do círculo que Ivan Ilitch frequentava. Em meio a outros passatempos e descansos do trabalho, Ivan Ilitch estabeleceu relações brincalhonas e leves com Praskóvia Fiódorovna.

Enquanto funcionário de encargos especiais, Ivan Ilitch dançava bastante; como juiz de instrução, porém, dançava como exceção. Dançava também com a ideia que, embora estivesse nas novas instituições, e pertencesse à quinta classe, no que tangia à dança podia demonstrar a todos que também aí era melhor do

---

9. Regulamentada por decreto de 20 de novembro de 1864, a reforma judicial de Alexandre II estabelecia a igualdade das partes e criava tribunais de júri, audições públicas e a até então inexistente atividade de advogado profissional. [N. T.]

que os outros. Assim, às vezes, no fim da noite, dançava com Praskóvia Fiódorovna, e foi basicamente durante essas danças que a conquistou. Ela se apaixonou por ele. Ivan Ilitch não tinha o propósito claro e determinado de se casar, porém, quando a moça se apaixonou por ele, fez-se a seguinte pergunta: "Afinal, por que não me casar?".

A moça Praskóvia Fiódorovna era de boa família nobre, nada feia; era de compleição pequena. Ivan Ilitch poderia almejar a um partido mais brilhante, mas esse partido era bom. Ele tinha seus rendimentos, e esperava que ela tivesse o mesmo tanto. A família era boa; ela, uma mulher querida, boazinha e totalmente direita. Dizer que Ivan Ilitch tinha se casado por amar sua noiva e por encontrar nela compreensão por sua visão de vida teria sido tão injusto quanto dizer que se casara porque as pessoas de seu círculo aprovavam o par. Ele se casara por ambas as considerações: tinha prazer em adquirir uma mulher daquelas e, além disso, estava fazendo aquilo que as pessoas de posição elevada achavam certo.

E Ivan Ilitch se casou.

O próprio processo das bodas, os primeiros tempos da vida conjugal, com os carinhos da esposa, nova mobília, nova louça, novo enxoval, passaram muito bem até a gravidez da mulher, de modo que Ivan Ilitch começou a pensar que o matrimônio não apenas não perturbava o caráter leve, agradável, alegre e sempre decente e aprovado pela sociedade, que ele considerava inerente à sua vida em geral, como ainda o acentuava. Porém, nos primeiros meses de gravidez, surgiu algo de novo, inesperado, desagradável, pesado e indecente, que não dava para esperar e de que não havia como se livrar.

Na opinião de Ivan Ilitch, sem motivo algum — *de gaieté de cœur*,[10] como ele dizia a si mesmo —, a mulher começou a perturbar o prazer e a decência da vida: sem razão alguma, tinha ciúmes dele, exigia-lhe galanteios, chateava-se com tudo e fazia cenas desagradáveis e rudes.

---

10. Por capricho, em francês no original. [N. T.]

No começo, Ivan Ilitch esperava se libertar do desprazer dessa situação com a mesma relação ligeira e decente com a vida que o ajudara antes; tentou ignorar o estado de espírito da mulher e seguir a viver com a leveza e o prazer de antes, convidando amigos para partidas em casa, ensejando visitar o clube ou camaradas. Porém, certa vez, a mulher começou a insultá-lo com palavras tão rudes, e continuou obstinadamente a insultá-lo a cada vez que ele não satisfazia suas exigências, firmemente decidida, pelo visto, a não parar até que ele se resignasse, ou seja, ficasse em casa, tão aborrecido quanto ela, que Ivan se horrorizou. Compreendera que a vida conjugal — pelo menos, com sua esposa — não coincidia sempre com uma vida agradável e decente mas, pelo contrário, perturbava-a com frequência e que, por isso, era indispensável se proteger dessa perturbação. E Ivan Ilitch passou a buscar meios para isso. O trabalho era a única coisa que infundia respeito em Praskóvia Fiódorovna, e Ivan Ilitch, por meio do serviço e das obrigações dele decorrentes, começou um embate com a mulher, em defesa de seu mundo independente.

Com o nascimento do bebê, as tentativas de alimentá-lo e seus diversos fracassos, com as doenças reais e imaginárias do bebê e da mãe, nas quais se exigia a participação de Ivan Ilitch, embora não entendesse nada do assunto, sua necessidade de encontrar um mundo fora da família tornou-se ainda mais imperiosa.

À medida que a mulher se tornava mais irritadiça e exigente, Ivan Ilitch transferia cada vez mais o centro de gravidade de sua vida para o trabalho. Passou a amar mais o serviço, e ficou mais ambicioso do que antes.

Muito rápido, não mais que um ano depois das bodas, Ivan Ilitch compreendeu que a vida conjugal, embora apresentasse algum conforto à vida, era na essência uma coisa muito complicada e dura, em relação à qual, para cumprir seu dever, ou seja, comportar-se de maneira decente e passível de aprovação pela sociedade, era preciso elaborar uma relação determinada, como acontecia com o trabalho.

E Ivan Ilitch elaborou esse tipo de relação com sua vida conjugal. Exigia da vida familiar apenas o jantar doméstico, a dona de casa, o leito, confortos que ela podia lhe proporcionar e, principalmente, a decência na aparência externa, que determinava a opinião da sociedade. De resto, procurava o prazer alegre e, se o encontrava, ficava muito grato; porém, se encontrava oposição e rabugice, imediatamente se retirava para seu mundo isolado do trabalho, que criara e no qual encontrava prazer.

Ivan Ilitch era tido como bom servidor e, em três anos, tornou-se procurador-assistente. As novas obrigações, sua importância, a possibilidade de levar a julgamento e colocar na cadeia qualquer um, os discursos públicos, o êxito que obtinha nesses casos, tudo isso o atraía ainda mais para o trabalho.

Vieram filhos. A mulher ficou ainda mais rabugenta e brava, mas as relações com a vida doméstica elaboradas por Ivan Ilitch fizeram-no quase impenetrável à sua rabugice.

Depois de sete anos de serviço na mesma cidade, Ivan Ilitch foi transferido para o posto de procurador em outra província. Mudaram-se, o dinheiro era pouco e a mulher não gostou do lugar para onde se mudaram. Os vencimentos talvez fossem até maiores que os anteriores, mas a vida era mais cara; além disso, dois filhos morreram, o que fez a vida em família se tornar ainda mais desagradável para Ivan Ilitch.

Praskóvia Fiódorovna repreendia o marido por todas as adversidades ocorridas no novo lugar de moradia. A maioria dos temas de conversa entre marido e mulher, principalmente a educação dos filhos, levava a questões que lembravam discussões, que a cada instante estavam prestes a estourar. Restavam apenas alguns raros períodos de paixão entre os esposos, mas não duravam muito. Eram ilhas nas quais atracavam de tempos em tempos para depois, novamente, lançarem-se no mar de animosidade secreta que se exprimia no alheamento de um do outro. Tal alheamento poderia amargurar Ivan Ilitch se achasse que as coisas não deveriam ser assim, mas ele agora reconhecia essa situação não apenas como normal, mas ainda como o objetivo de sua atuação familiar. Seu objetivo consistia em se libertar cada vez mais das contrariedades, conferindo-lhes caráter inócuo e decente; atingia-o ao passar cada vez menos tempo com a família ou, quando não era possível fazer isso, esforçava-se para garantir sua situação com a presença de forasteiros. O principal era que Ivan Ilitch tinha o trabalho. No mundo do trabalho concentrava-se todo o interesse de sua vida. E tal interesse o absorvia. A consciência de seu poder, a possibilidade de destruir qualquer pessoa que quisesse destruir, a importância, mesmo exterior, de sua entrada no tribunal e os encontros com os subordinados, seu sucesso com superiores e subordinados e, principalmente, sua maestria na condução dos casos de que participava, tudo isso o alegrava e, junto com as conversas com os camaradas, os jantares e o uíste, preenchia sua vida. De modo que, em geral, a vida de Ivan Ilitch prosseguia como ele achava que tinha que ser: agradável e decente.

Viveu assim por mais sete anos. A filha mais velha já tinha dezesseis, morreu mais um bebê, e sobrou o menino, colegial, objeto de discórdia. Ivan Ilitch queria encaminhá-lo para a Escola de Direito, mas Praskóvia Fiódorovna, de birra, matriculou-o no colégio. A filha estudara em casa e crescera bem, e o menino também era bom aluno.

III

Assim transcorreu a vida de Ivan Ilitch no decurso de 17 anos depois de seu matrimônio. Já era um procurador veterano, recusara algumas transferências à espera de um posto mais desejável quando, inesperadamente, aconteceu uma circunstância desagradável, que perturbaria completamente a tranquilidade de sua vida. Ele aguardava o posto de juiz presidente em uma cidade universitária, mas Goppé ultrapassou-o e recebeu o cargo. Ivan Ilitch se zangou, repreendeu o colega e brigou com ele e com os chefes mais próximos, que esfriaram e o preteriram nas nomeações seguintes.

Isso ocorreu em 1880. Esse foi o ano mais duro da vida de Ivan Ilitch. Nesse ano ficou evidente, por um lado, que os vencimentos não lhe bastavam; por outro, que todos o haviam esquecido, e o que lhe parecia a maior e mais cruel das injustiças era visto pelos outros como coisa absolutamente comum. Nem o pai considerava sua obrigação ajudá-lo. Sentia que todos o abandonavam, considerando sua situação, com 3 500 rublos de vencimento, a mais normal, e até feliz. Só ele sabia que, com a consciência das injustiças que lhe haviam sido feitas, as eternas azucrinações da mulher e as dívidas que passara a fazer, vivendo acima de seus meios, sua situação estava longe de ser normal.

No verão daquele ano, para aliviar as finanças, tirou licença e foi passar a estação com Praskóvia Fiódorovna na aldeia do irmão dela.

Lá, sem trabalho, Ivan Ilitch pela primeira vez sentiu não apenas tédio, mas uma angústia insuportável, decidindo que não era possível viver daquele jeito, fazendo-se indispensável tomar algumas medidas drásticas.

Depois de passar uma noite inteira de insônia passeando pelo terraço, decidiu ir a São Petersburgo fazer solicitações e, para punir os que não souberam valorizá-lo, transferir-se para outro ministério.

No dia seguinte, apesar de todas os argumentos dissuasivos da mulher e do cunhado, partiu para São Petersburgo.

Foi atrás de uma coisa: obter um posto com cinco mil de vencimentos. Não ligava para qual seria o ministério, direção ou tipo de atividade. Precisava apenas de um posto, um posto de cinco mil, na administração, no banco, na estrada de ferro, nas instituições da imperatriz Maria, até na alfândega, mas tinham que ser cinco mil, e tinha que ser fora do ministério em que não souberam valorizá-lo.

E eis que a viagem de Ivan Ilitch foi coroada por um êxito surpreendente e inesperado. Em Kursk, subiu à primeira classe F. S. Ilin, um conhecido, que o informou de um telegrama recente, recebido pelo governador de Kursk, noticiando que, em dias, haveria uma reviravolta no ministério: Ivan Semiônovitch seria nomeado para o lugar de Piotr Ivánovitch.

A reviravolta prevista, além do significado para a Rússia, tinha significado especial para Ivan Ilitch, pois impulsionar uma pessoa nova, Piotr Ivánovitch, e obviamente também seu amigo, Zakhar Ivánovitch, era-lhe favorável no mais alto grau. Zakhar Ivánovitch era camarada e amigo de Ivan Ilitch.

Em Moscou, a notícia se confirmou. E, ao chegar em São Petersburgo, Ivan Ilitch encontrou Zakhar Ivánovitch e recebeu a promessa de um posto seguro em seu ministério, o da Justiça.

Na semana seguinte, telegrafou à esposa:

"Zakhar substituiu Miller primeiro informe recebo nomeação."

Graças a essa mudança de pessoal, Ivan Ilitch recebeu inesperadamente, em seu ministério, uma nomeação que o colocava dois degraus acima de seus camaradas: cinco mil de vencimentos e três mil e quinhentos de ajuda de custo. Todo enfado com os inimigos de até então e o ministério foi esquecido, e Ivan Ilitch ficou completamente feliz.

Ivan Ilitch regressou à aldeia alegre, satisfeito, como há muito tempo não estava. Praskóvia Fiódorovna também se alegrou, e houve uma trégua entre eles. Ivan Ilitch contou como todos o homenagearam na capital, como todos que tinham sido seus inimigos foram humilhados e agora se rebaixavam diante dele, como o invejavam por sua posição e, especialmente, como todos gostavam muito dele em São Petersburgo.

Praskóvia Fiódorovna ouvia tudo e fazia cara de acreditar, sem o contradizer em nada, limitando-se a elaborar planos para a nova organização da vida na cidade para a qual se mudariam. E Ivan Ilitch viu com alegria que esses planos eram os seus planos, que eles coincidiam e que sua vida titubeante voltaria a adquirir seu caráter verdadeiro e próprio de prazer alegre e decoro.

Ivan Ilitch partiu em pouco tempo. Tinha que assumir a função em 10 de setembro e, além disso, precisava de tempo para se estabelecer no novo lugar, transportar tudo da província, comprar e encomendar muita coisa; em resumo, organizar-se do jeito que decidira em sua alma, quase exatamente do mesmo jeito que fora decidido também na alma de Praskóvia Fiódorovna.

E agora, quando tudo se arranjava de forma tão exitosa, eles coincidiam nos objetivos e, apesar de passarem pouco tempo juntos, uniram-se com uma harmonia que não tinham encontrado nem nos primeiros anos de vida nupcial. Ivan Ilitch pensara em levar a família imediatamente consigo, porém a insistência da irmã e do cunhado, que de repente se fizeram especialmente amorosos e cordiais para com ele e sua família, tanto fez que ele partiu sozinho.

Ivan Ilitch partiu, e o estado de espírito alegre, produto do êxito e da concórdia com a mulher, um reforçando o outro, não o abandonou o tempo todo. Achou um apartamento encantador, do jeito que marido e esposa tinham sonhado. Salas de recepção amplas, altas, no estilo antigo, um gabinete cômodo e grandioso, quartos para a mulher e a filha, sala de estudos para o filho: tudo como se tivesse sido planejado especialmente para eles. Ivan Ilitch ocupou-se da decoração em pessoa, escolheu o papel de parede, comprou os móveis, especialmente de estilo antigo, que ele achava especialmente *comme il faut*, a tapeçaria, e tudo cresceu, cresceu e alcançou o ideal que ele havia estabelecido. Quando chegou à metade da tarefa, o resultado ultrapassou sua expectativa. Compreendeu o caráter *comme il faut*, elegante e nada vulgar que tudo adquiriria quando estivesse pronto. Ao se deitar, imaginava como seria o salão. Contemplando a sala de visitas ainda não concluída já via a lareira, a tela, a estante, umas cadeirinhas espalhadas, umas travessas e pratos nas paredes, os bronzes, quando tudo estivesse no lugar. Alegrava-o a ideia de como surpreenderia Pacha e Lízanka,[1] que tinham o mesmo gosto. Jamais podiam esperar por isso. Em particular, conseguiu encontrar e comprar barato coisas velhas, que conferiam a tudo um caráter especialmente nobre. Nas cartas, descrevia de propósito tudo pior do que era, para surpreendê-los. Tudo isso o ocupava tanto que mesmo o novo serviço, por mais que apreciasse, ocupava-o menos do que esperava. Nas audiências, tinha minutos de distração: pensava em como seriam as cornijas das cortinas, retas ou curvas. Isso o ocupava tanto que era frequente fazer as coisas ele mesmo, chegando a mudar os móveis de lugar e pendurar as cortinas. Certa vez, ao subir numa escadinha para mostrar ao estofador desentendido como queria o drapejado, tropeçou e caiu, porém, forte e destro, segurou-se, apenas batendo de lado no puxador do caixilho. A contusão causou dor, que passou logo. Durante todo esse tempo, Ivan Ilitch sentia-se especialmente alegre e saudável. Escreveu: sinto ter rejuvenescido quinze anos. Pensava terminar a obra em setembro, mas ela prolongou-se até meados de outubro. Em compensação, ficou um encanto: não era só ele quem dizia, mas todos que viam.

Na verdade, havia ali o que acontece com todas pessoas que não são ricas de verdade, mas querem parecer ricas e, dessa forma, só se parecem umas com as outras: damasco, ébano, flores, tapetes e bronzes, escuros e brilhantes — tudo que todas as pessoas de um determinado tipo fazem para se parecer com

---

1. Diminutivos de Praskóvia e Ielizavieta. [N. T.]

todas as pessoas de um determinado tipo. No caso dele, tudo era tão imitativo que nem chamava a atenção; para Ivan Ilitch, porém, parecia muito especial. Quando foi ao encontro dos seus na estação ferroviária, trouxe-os para o apartamento pronto e iluminado e um lacaio de gravata branca descerrou a porta que dava para a antessala adornada de flores, e depois eles entraram na sala de visitas, no gabinete e soltaram exclamações de satisfação, ele ficou muito feliz, guiou-os por toda parte, inebriando-se com seus elogios e resplandecendo de satisfação. Nessa mesma noite, quando, ao chá, Praskóvia Fiódorovna lhe perguntou, entre outras coisas, como havia caído, ele se riu e encenou para as pessoas como tinha saído voando e assustado o estofador.

— Não é à toa que faço ginástica. Outro teria se matado, mas eu só me machuquei um pouco aqui; quando tocado, dói, mas já vai passar; é só uma equimose.

E começaram a viver na nova moradia, na qual, como sempre, quando estavam bem habituados, sentiram falta de só mais um aposento, e com os novos meios, nos quais, como sempre, sentiram falta de só um pouco mais — uns quinhentos rublos —, e estavam muito bem. Foram particularmente bons os primeiros tempos, quando nem tudo tinha sido arranjado, e era necessário providenciar coisas: ora comprar, ora encomendar, ora mudar de lugar, ora ajustar. Embora houvesse algumas discordâncias entre marido e mulher, ambos estavam tão satisfeitos, e havia tanto a fazer, que tudo acabava sem grandes discussões. Quando já não havia mais o que providenciar, instaurou-se um certo tédio e alguma insatisfação, mas logo fizeram conhecidos e hábitos, e a vida se preencheu.

Ivan Ilitch, depois de passar a manhã no tribunal, voltava para almoçar e, no começo, seu estado de espírito era bom, embora sofresse um pouco justamente com a moradia. (Qualquer mancha na toalha, no damasco, um cordão esfarrapado da cortina irritavam-no: investira tanto trabalho na decoração que qualquer perturbação lhe doía.) Porém, no geral, a vida de Ivan Ilitch ia do jeito que, de acordo com sua crença, a vida devia transcorrer: leve, agradável e decente. Levantava-se às nove, tomava café, lia o jornal, daí envergava o uniforme e partia para o tribunal. Lá já estava pronta a coleira com a qual trabalharia: submetia-se a ela sem demora. Os peticionários, os atestados da chancelaria, a própria chancelaria, as audiências públicas e deliberativas. De tudo isso era necessário excluir a parte úmida e real, que sempre perturba a correção do curso dos assuntos profissionais: era preciso não admitir nenhuma relação com as pessoas que não fosse de trabalho, o motivo das relações tinha que ser apenas de trabalho, e a própria relação apenas de trabalho. Por exemplo, vem uma pessoa e deseja saber algo. Não sendo de sua competência, Ivan Ilitch não pode ter nenhuma relação com essa pessoa; porém, se o assunto da pessoa tem algo a ver com o juiz, uma relação que possa ser expressa em papel timbrado, Ivan Ilitch faz tudo, decididamente tudo o que é possível dentro dos limites de tal relação e, ao mesmo tempo, observa uma relação similar ao que seria humano e amistoso, ou seja, é cortês. Assim que termina a relação de trabalho, termina todo o resto. A habilidade de separar o lado profissional, sem misturá-lo com a vida real, Ivan Ilitch dominava no mais alto grau e, com muita prática e talento, elaborara-a a um grau tal que até, como um virtuoso, por vezes se permitia, como que por brincadeira, misturar as relações humanas e de trabalho. Permitia-se isso por sentir sempre em si a força para, quando fosse necessário, voltar a destacar o profissional e rejeitar o humano. Para Ivan Ilitch, era uma coisa que levava não apenas de forma leve, agradável e decente, mas até com virtuosismo. Nos intervalos fumava, tomava chá, conversava um pouco sobre política, um pouco sobre assuntos gerais, um pouco sobre cartas e, mais do que tudo, sobre nomeações. E cansado, mas com a sensação do virtuoso que se desincumbira de sua parte com distinção, um dos primeiros violinos da orquestra, voltava para casa. Em casa, a filha e a mãe tinham ido para algum lugar, ou alguém as visitara; o filho estava no colégio, preparava as aulas com repetidores e estudava com assiduidade aquilo que se estuda no colégio. Tudo ia bem. Depois do jantar, desde que não houvesse visita, Ivan Ilitch às vezes lia um livro de que muito se falava e, à noite, ocupava-se de negócios, ou seja, lia papéis, informava-se sobre as leis, comparava depoimentos e os enquadrava nas leis. Não achava isso nem chato, nem alegre. Era chato quando poderia estar jogando uíste; mas, quando não, era sempre melhor do que ficar sozinho, ou com a mulher. A satisfação de Ivan Ilitch eram os pequenos jantares, para os quais chamava damas e cavalheiros de boa situação social, e esse jeito de passar o tempo com eles parecia-se com o jeito habitual de passar o tempo dessas pessoas, assim como sua sala de visitas se parecia com todas as salas de visitas.

Certa vez, tiveram até uma noite de danças. Ivan Ilitch ficou alegre e tudo andou bem, só que houve uma grande briga com a mulher por causa das tortas e bombons: Praskóvia Fiódorovna tinha seu próprio plano, mas Ivan Ilitch insistiu que tudo fosse adquirido em uma confeitaria cara, comprou muitas tortas, e a briga aconteceu porque sobraram tortas, e a conta da confeitaria ficou em quarenta e cinco rublos. A briga foi grande e desagradável, tanto que Praskóvia Fiódorovna lhe disse: "Imbecil, molenga". Ele agarrou a cabeça com as mãos e, num repente de cólera, fez menção a divórcio. Mas a noite em si foi alegre. Estava-se na melhor sociedade, e Ivan Ilitch dançou com a princesa Trufônova, cuja irmã é conhecida como fundadora da sociedade "Remova a minha desgraça".[2] As alegrias profissionais eram alegrias do amor-próprio; as alegrias sociais eram alegrias da vaidade; as verdadeiras alegrias de Ivan Ilitch, porém, eram as alegrias do jogo de uíste. Confessava que, depois de tudo, depois das mais tristes ocorrências da vida, a alegria que ardia como uma vela na frente de todas as outras era se sentar com bons jogadores, parceiros discretos de uíste e, impreterivelmente em quatro (em cinco era muito penoso na hora em que um tinha que ficar de fora, por mais que fingisse gostar muito), empreender um jogo inteligente e sério (quando as cartas saíam), depois cear e tomar

---

2. Paródia do nome das muitas sociedades filantrópicas que surgiram na Rússia na década de 1880. [N. E.]

um copo de vinho. E após o uíste, especialmente quando tinha ganhado um pouco (muito é desagradável), Ivan Ilitch ia dormir com humor especialmente bom.

Assim viviam. O círculo social que formaram era o melhor, frequentado por gente importante e gente jovem.

Quanto à opinião sobre o círculo de conhecidos, marido, mulher e filha estavam completamente de acordo e, sem combinar, afastavam do mesmo modo e se liberavam de diversos conhecidos e parentes, uns pobretões que acorriam, cheios de ternura, à sala de visitas, com travessas japonesas na parede. Logo esses amigos pobretões pararam de acorrer, e os Golovin ficaram apenas com a melhor sociedade. Os jovens cortejavam Lízanka e Petríschev, filho de Dmitri Ivánovitch Petríschev, herdeiro único e juiz de instrução, pôs-se a cortejar Liza de tal forma que Ivan Ilitch já falava com Praskóvia Fiódorovna sobre organizar para eles um passeio de troica, ou um espetáculo. Assim viviam. E tudo ia assim, sem mudanças, e tudo estava muito bem.

IV

Todos eram saudáveis. Não dava para chamar de doença aquilo que Ivan Ilitch mencionava às vezes, de sentir um gosto estranho na boca e um incômodo do lado esquerdo do ventre.

Aconteceu, porém, de esse incômodo aumentar, sem se transformar ainda em dor, mas na consciência de um peso constante do lado e em mau humor. O mau humor, cada vez mais e mais forte, começou a estragar a harmonia que se instalara na vida leve e decente da família Golovin. Marido e mulher passaram a brigar com frequência cada vez maior, logo a leveza e a harmonia se foram, mantendo-se apenas a decência, e com dificuldade. As cenas voltaram a se tornar frequentes. Voltaram a sobrar apenas algumas ilhotas, e poucas, nas quais marido e mulher podiam se encontrar sem explosão.

E agora Praskóvia Fiódorovna tinha motivo para dizer que o caráter do marido era difícil. Com o hábito de exagerar que lhe era peculiar, dizia que ele sempre tivera aquele caráter horrível, que conseguira suportar por vinte anos devido à sua bondade. A verdade era que, agora, as brigas começavam por causa dele. As implicâncias sempre se desencadeavam na hora do jantar, habitualmente quando começava a tomar a sopa. Ora notava algum estrago na louça, ora que a comida não estava boa, ora que o filho estava com o cotovelo na mesa, ora era o penteado da filha. E culpava Praskóvia Fiódorovna por tudo. No começo, ela retrucava e lhe dizia coisas desagradáveis, porém, por duas vezes, no começo da refeição, sua fúria fora tamanha que ela percebeu se tratar de uma condição doentia provocada pela alimentação e sossegou; não retrucava mais, apenas acelerava o jantar. Praskóvia Fiódorovna atribuía-se grande mérito por sua resignação. Ao decidir que o marido tinha um caráter difícil e fazia de sua vida uma desgraça, passou a ter pena de si mesma. Quanto mais pena tinha de si, mais odiava o marido. Passou a desejar que ele morresse, mas não podia desejar isso porque, daí, não haveria vencimentos. Isso a deixava com ainda mais raiva. Achava-se terrivelmente infeliz justamente porque nem a morte dele poderia salvá-la; ficava com raiva, ocultava-a, e essa ocultação fazia a raiva ficar ainda mais forte.

Depois de uma cena na qual Ivan Ilitch fora especialmente injusto e, ao se explicar, dissera que estava mesmo irritado devido a uma doença, ela lhe disse que, se estava doente, tinha que se tratar, exigindo que fosse atrás de um médico famoso.

Ele foi. Tudo aconteceu conforme o esperado; tudo foi como sempre é. A espera, a seriedade afetada do doutor, que ele conhecia, pois era a mesma que empregava no tribunal, as batidas, a auscultação, as perguntas que exigiam respostas preparadas de antemão e, obviamente, supérfluas, o ar de importância, a dizer: o que é isso, basta se sujeitar a nós e damos um jeito em tudo, nós sabemos, sem dúvida, como dar um jeito em tudo, sempre do mesmo jeito para qualquer pessoa. Tudo aconteceu exatamente como no tribunal. O médico assumiu exatamente o mesmo ar que ele assumia perante os réus.

O doutor disse: isso e isso mostra que dentro do senhor há isso e isso; porém, caso não seja confirmado pelo exame tal e tal, então supõe-se que o senhor provavelmente tem aquilo e aquilo. Ao supor que seja isso, então… etc. Para Ivan Ilitch, só uma questão era importante: sua situação era grave ou não? O médico, porém, ignorava essa questão descabida. Do ponto de vista do doutor, tal questão era ociosa e indigna de ser debatida, e havia apenas a avaliação das possibilidades: rim solto, catarro crônico e doença no ceco. Não havia questão sobre a vida de Ivan Ilitch, mas havia questão entre o rim solto e o ceco. E tal discussão o médico resolveu de forma brilhante, diante dos olhos de Ivan Ilitch, em favor do ceco, com a ressalva de que o exame de urina poderia trazer novas provas e, daí, o caso seria reestudado. Tudo isso era, ponto a ponto, idêntico ao que Ivan Ilitch realizara milhares de vezes na frente dos réus, de forma igualmente brilhante. O doutor fez o seu resumo com o mesmo brilho, e solene, até alegre, fitou o acusado por cima dos óculos. Do resumo do médico, Ivan Ilitch concluiu que estava mal, que isso era indiferente para o doutor e, talvez, para todo mundo, mas estava mal. Tal conclusão afetou-o de forma dolorosa, causando uma grande pena de si mesmo e um grande ódio pelo doutor indiferente a uma questão tão importante.

Porém, sem dizer nada, levantou-se, colocou o dinheiro na mesa e, suspirando, disse:

— É provável que nós, pacientes, façamos muitas perguntas descabidas — disse. — Em suma, é uma doença grave ou não?

O doutor lançou-lhe um olhar severo através dos óculos, como que dizendo: réu, caso não se atenha aos limites das perguntas que lhe foram feitas, serei constrangido a tomar medidas para sua remoção da sala de audiências.

— Eu já lhe disse o que considero necessário e adequado — disse o médico. — O restante será demonstrado pelo exame — E se inclinou.

Ivan Ilitch saiu devagar, sentou-se triste no trenó e foi para casa. Por todo o caminho não parou de rever tudo que o doutor tinha tido, tentando transformar todo aquele palavreado confuso e científico em língua simples, e ler a resposta à pergunta: estou mal, muito mal, ou não é nada? E teve a impressão de que a ideia de tudo que fora dito pelo doutor é de que estava muito mal. Ivan Ilitch achou tudo na rua triste. Os cocheiros eram tristes, as casas eram tristes, os transeuntes, as lojas eram tristes. Aquela dor surda, abafada, que não parava por um segundo, parecia, devido às palavras obscuras do médico, ter ganhado outro significado, mais sério. Ivan Ilitch agora prestava atenção nela com um sentimento novo e carregado.

Chegou em casa e começou a contar à mulher. Ela ouvia, porém, no meio do relato, entrou a filha, de chapéu: preparava-se para sair com a mãe. Com esforço, sentou-se para ouvir aquela chatice, mas não aguentou muito, e a mãe também não ouviu até o fim.

— Bem, estou muito feliz — a mulher disse —, agora você fique de olho e tome o remédio direito. Dê-me a receita, vou mandar Guerássim para a farmácia. — E foi se vestir.

Ele não tinha tomado alento enquanto a esposa estava no quarto, e respirou pesadamente quando ela saiu.

— Pois bem — disse ele. — Talvez não seja mesmo nada...

Começou a tomar o remédio e a seguir as prescrições médicas, que haviam sido alteradas devido ao exame de urina. Só que logo aconteceu uma certa confusão entre esse exame e o que devia se seguir a ele. Não era possível chegar até o doutor, e tinha a impressão de que não estava fazendo o que lhe fora prescrito. Ou tinha esquecido, ou o médico mentido, ou escondido alguma coisa.

Contudo, Ivan Ilitch se pôs a seguir a prescrição assim mesmo, encontrando consolo nisso nos primeiros tempos.

A principal ocupação de Ivan Ilitch na época da consulta era cumprir exatamente as recomendações médicas referentes à higiene, ingestão de medicamentos e observação da dor e de todas as funções do organismo. Os principais interesses de Ivan Ilitch eram as doenças e a saúde das pessoas. Quando falavam na sua frente de doentes que tinham morrido ou sarado, especialmente de moléstias parecidas com a sua, procurava esconder a emoção e apurava o ouvido, interrogava e fazia associações com o seu mal.

A dor não diminuía; Ivan Ilitch, contudo, fazia um esforço para se obrigar a pensar que estava melhor. E conseguia se iludir quando nada o irritava. Mas bastava ter uma contrariedade com a mulher, um fracasso no trabalho ou cartas ruins no uíste que logo sentia a plena força de sua doença; antes suportava esses fracassos, esperando que logo consertaria o que estava mal, triunfaria, obteria êxito, um *grand slam*.[1] Agora, qualquer fracasso o prostrava e o precipitava no desespero. Dizia para si mesmo: logo agora que eu comecei a melhorar e o remédio passou a fazer

---

1. No uíste, vencer todas as treze rodadas (*tricks*) de uma mão do jogo. [N. T.]

efeito veio esse maldito insucesso e contrariedade... E ficava raivoso com o insucesso, ou com as pessoas que lhe causavam contrariedades e o matavam, sentindo que essa raiva o matava; não conseguia, porém, se esquivar dela. Aparentemente, deveria ver com clareza que essa exasperação com as circunstâncias e as pessoas piorava sua moléstia e, por isso, não tinha que prestar atenção às eventualidades desagradáveis; contudo, fazia o raciocínio completamente oposto: dizia precisar de tranquilidade e ficava de olho em tudo que perturbava tal tranquilidade, irritando-se com a menor perturbação. Agravava sua situação o fato de que lia livros médicos e se aconselhava com doutores. Esse agravamento era regular, de modo que ele podia se iludir ao comparar um dia com o outro: as diferenças eram pequenas. Porém, ao se aconselhar com médicos, tinha a impressão de que piorava, e muito rápido. E, apesar disso, aconselhava-se com frequência.

Naquele mês, esteve com outra celebridade: a outra celebridade disse quase a mesma coisa que a primeira, só que colocando as questões de forma diferente. Aconselhar-se com essa celebridade só fez acentuar a dúvida e o medo de Ivan Ilitch. O amigo de um amigo — um médico muito bom — diagnosticou a doença de forma totalmente diversa e, embora prometesse a cura, suas perguntas e previsões deixaram Ivan Ilitch ainda mais confuso, e intensificaram sua dúvida. Um homeopata formulou um diagnóstico diferente e prescreveu um remédio que Ivan Ilitch tomou por uma semana, em segredo. Contudo, passada a semana, sem sentir melhora, e tendo perdido a confiança tanto no tratamento prévio como no atual, abandonou-se a um desânimo ainda maior. Certa vez, uma dama que conhecia contou de uma cura por ícones. Ivan Ilitch surpreendeu-se ouvindo-a com atenção e tentando verificar a realidade do fato. Essa ocorrência o assustou. "Será que fiquei tão fraco da cabeça?" — disse para si. — "Bobagem! É tudo absurdo, não devo me entregar a cismas e, uma vez que escolhi um médico, tenho que me aferrar a seu tratamento. É o que vou fazer. Agora acabou. Não vou pensar, e seguirei o tratamento de forma severa até o verão. Daí veremos! Agora é o fim das vacilações!" Era fácil de falar, mas impossível de cumprir. A dor no flanco atormentava o tempo todo, como se estivesse cada vez mais forte, tornara-se permanente, o gosto na boca ficara ainda mais estranho, tinha a impressão de emitir mau hálito, e o apetite e as forças se debilitavam. Não dava para se iludir: algo terrível, novo e muito importante, mais importante do que qualquer coisa em sua vida, estava acontecendo com Ivan Ilitch. E só ele sabia disso, todos ao redor não entendiam, ou não queriam entender, e pensavam que tudo continuava como antes. Isso era o que mais torturava Ivan Ilitch. Via que as pessoas de casa — especialmente a mulher e a filha, que estavam no auge da vida social — não entendiam nada, agastavam-se por ele estar tão macambúzio e exigente, como se fosse culpado. Embora até tentassem ocultá-lo, ele via como era um estorvo, só que a mulher forjara uma certa atitude com relação à sua doença, que mantinha independente do que ele dissesse ou fizesse. A relação era a seguinte:

— Vocês sabem — dizia aos conhecidos — que Ivan Ilitch não consegue, como todas as pessoas de bem, seguir as prescrições do tratamento à risca. Hoje ele toma as gotas, come o que foi recomendado e dorme na hora; amanhã, de repente, se eu me distraio, esquece o remédio, come esturjão (que não é recomendado) e fica jogando uíste até uma da manhã.

— Ah, quando foi isso? — dizia Ivan Ilitch, com enfado. — Uma vez, na casa de Piotr Ivánovitch.

— E ontem, com Chébek.

— Tudo bem, a dor não me deixava mesmo dormir.

— Seja o que for, só que assim você nunca vai sarar e vai ficar nos atormentando.

A relação evidente de Praskóvia Fiódorovna com a doença do marido, dita aos outros e a ele mesmo, era de que Ivan Ilitch tinha culpa, e de que essa doença era mais uma contrariedade que ele causava à mulher. Ivan Ilitch sentia que isso saía dela sem querer, o que não facilitava as coisas para ele.

No tribunal, Ivan Ilitch notou, ou achou ter notado, a mesma relação estranha para consigo: ora tinha a impressão de que o encaravam como uma pessoa que logo liberaria o cargo; ora, de repente, os colegas começavam a brincar amistosamente com sua cisma, como se aquela coisa horrenda, medonha e inaudita que se criara dentro dele, devorando-o sem cessar e arrastando-o de forma irresistível sabe-se lá para onde, fosse o mais agradável pretexto para piada. Quem o irritava particularmente era Schwartz, com seu jeito brincalhão, cheio de vitalidade e *comme il faut*, que remetia Ivan Ilitch a si mesmo dez anos antes.

Os amigos vieram jogar uma partida, acomodaram-se. Amaciaram as cartas novas, distribuíram-nas, separaram as de ouros, ele tinha sete. O parceiro disse: sem trunfos, e o apoiou com dois ouros. O que mais? Devia ficar alegre e animado: *slam*. E de repente Ivan Ilitch sentia aquela dor devoradora, aquele gosto na boca, e achava absurdo, nessas circunstâncias, se alegrar com um *slam*.

Olhou para o parceiro, Mikhail Mikháilovitch, batendo na mesa com a mão sanguínea e, cortês e indulgente, absteve-se de recolher a vaza, empurrando-a para Ivan Ilitch para lhe dar a satisfação de apanhá-la sem ter o trabalho de esticar muito o braço. "O que ele está pensando, que estou tão fraco que não consigo esticar muito o braço?" — pensou Ivan Ilitch, esquecendo os trunfos, gastando um deles à toa e perdendo o *slam* por três, e o mais terrível de tudo era ver o sofrimento de Mikhail Mikháilovitch, enquanto para ele dava na mesma. E era horrendo pensar por que dava tudo na mesma.

Todos viram seu padecer e disseram: "Podemos parar se estiver cansado. Descanse". Descansar? Não, não estava nem um pouco cansado, e terminaram o *rubber*. Todos estavam sombrios e calados. Ivan Ilitch sentiu que fora ele quem instaurara essas sombras, e não tinha como dissipá-las. Eles cearam e partiram, e Ivan Ilitch ficou sozinho, com a consciência de que sua vida estava envenenada, de que envenenava a vida dos outros, e de que esse veneno não enfraquecia, penetrando com cada vez mais força em todo o seu ser.

Com consciência disso e, ainda por cima, a dor física e, ainda por cima, o horror, tinha que se deitar na cama e, frequentemente, por causa da dor, ficava sem dormir a maior parte da noite. E, pela manhã, tinha que se levantar de novo, vestir-se, ir até o tribunal, falar, escrever e, se não fosse, ficar em casa as vinte e quatro horas do dia, das quais cada uma era uma tortura. E tinha que viver dessa forma, à beira do abismo, sozinho, sem nenhuma pessoa que o compreendesse e tivesse compaixão.

V

Assim passou um mês, depois outro. Antes do Ano Novo, o cunhado veio à cidade para se hospedar com eles. Ivan Ilitch estava no tribunal. Praskóvia Fiódorovna fora às compras. Ao entrar no escritório, o dono da casa surpreendeu-o saudável, sanguíneo, desfazendo a própria mala. O cunhado ergueu a cabeça ao ouvir os passos de Ivan Ilitch e fitou-o por um segundo, calado. Tal olhar revelou tudo a Ivan Ilitch. O cunhado abriu a boca para exclamar, mas se conteve. Tal movimento confirmava tudo.

— O que foi, estou mudado?
— Sim... há uma mudança.

E por mais que depois induzisse o cunhado a falar de sua aparência física, este permanecia em silêncio. Praskóvia Fiódorovna chegou, e o cunhado foi ter com ela. Ivan Ilitch trancou a porta à chave e passou a se fitar no espelho — de frente, depois de lado. Pegou seu retrato com a mulher e comparou com o que via no espelho. A mudança era imensa. Depois arregaçou as mangas até o cotovelo, sentou-se na otomana e ficou mais sombrio do que a noite.

"Não dá, não dá", disse para si mesmo, levantou-se de um pulo, foi até a mesa, abriu um caso, tentou ler, mas não conseguiu. Abriu a porta e foi até o salão. A porta da sala de visitas estava trancada. Aproximou-se na ponta dos pés e começou a escutar.

— Não, você está exagerando — dizia Praskóvia Fiódorovna.
— Exagerando como? Você não vê? É um homem morto, olhe-o nos olhos. Não há luz. Mas o que ele tem?
— Ninguém sabe. Nikoláiev (um outro médico) disse uma coisa, mas eu não sei. Leschetítski (um médico famoso) disse o contrário...

Ivan Ilitch se afastou, foi até seu quarto, deitou-se e começou a pensar. "O rim, o rim se mexe." Lembrava-se de tudo que os doutores haviam lhe dito, como ele se soltara e como estava se mexendo. E, com um esforço de imaginação, tentava agarrar esse rim e detê-lo, fixá-lo; tinha a impressão de precisar de muito pouco. "Não, ainda vou atrás de Piotr Ivánovitch." (Aquele amigo que tinha um amigo médico.) Soou a campainha, mandou atrelar os cavalos e se preparou para sair.

— Para onde vai, Jean?[1] — perguntou a mulher, com uma expressão especialmente triste e de uma rara bondade.

A rara bondade o exasperou. Lançou-lhe um olhar sombrio.

— Preciso ir à casa de Piotr Ivánovitch.

Foi à casa do amigo que tinha um amigo médico. E foi com ele até o médico. Encontrou-o e conversou longamente.

Considerando os detalhes anatômicos e fisiológicos do que, na opinião do doutor, acontecera com ele, Ivan Ilitch entendeu tudo.

Havia uma coisinha, uma coisinha pequenina no ceco. Tudo isso dava para arranjar. Fortalecendo a energia de um órgão, enfraquecendo a atividade de outro, aconteceria a absorção, e tudo estaria arranjado. Atrasou-se um pouco para o jantar. Jantou, falou com alegria, mas ficou um bom tempo sem conseguir se encaminhar para suas tarefas. Por fim, foi até o gabinete e se pôs imediatamente a trabalhar. Lia os casos, trabalhava, porém a consciência de que adiava um importante assunto íntimo que o ocuparia ao fim da tarefa não o abandonava. Ao encerrar seus casos, lembrou-se de que o assunto íntimo era a ideia do ceco. Não se entregou, porém, a ela, indo à sala de visitas tomar chá. Havia convidados, falava-se, tocava-se piano, cantava-se; estava lá o juiz de instrução, o desejado noivo da filha. Praskóvia Fiódorovna chegou a reparar que Ivan Ilitch passava uma noite mais alegre do que as outras, mas ele não se esquecia por um minuto de que adiava pensamentos importantes a respeito do ceco. Às onze, despediu-se e se recolheu a seu quarto. Durante a doença,

---

1. Forma afrancesada de Ivan. [N. E.]

dormia sozinho, em um quartinho do lado do gabinete. Despiu-se e pegou um romance de Zola, mas, em vez de ler, pensava. Em sua imaginação, acontecia a desejada cura do ceco. Absorvia, expelia, reestabelecia-se a atividade correta. "Sim, é tudo desse jeito — dizia para si. — Basta apenas ajudar a natureza." Lembrou-se do remédio, levantou-se, tomou, deitou-se de costas esperando por seu efeito salutar de aniquilar a dor. "Basta tomar o remédio com regularidade e evitar influências nocivas; agora já estou me sentindo um pouco melhor, muito melhor." Pôs-se a apalpar o flanco; não doía. "Bem, não estou mais sentindo, é verdade, estou muito melhor." Apagou a luz e se deitou de lado... O ceco estava curando, absorvia. De repente sentiu a velha conhecida, a dor surda, abafada, obstinada, silenciosa, séria. Na boca, aquela mesma porcaria já sabida. O coração foi sugado e a cabeça se turvou. "Meu Deus, meu Deus! — proferiu. — De novo, de novo, e não para nunca." E, de repente, o assunto se lhe apresentou por um ângulo completamente diferente. "O ceco! O rim — disse para si mesmo. — Não é uma questão de ceco, nem de rim, mas de vida e... morte. Sim, havia vida, está partindo, partindo, e não tenho como a deter. Sim. Para que me enganar? Afinal, é evidente para todos, menos para mim, que vou morrer, tratando-se de uma questão apenas do número de semanas ou dias — pode até ser agora. Pois havia a luz, e agora são trevas. Pois eu estava aqui, e agora vou para lá! Para onde?" Um frio percorreu-o, a respiração parou. Ouvia apenas as batidas do coração.

"Não existirei, e o que existirá? Nada existirá. E para onde vou quando não existir mais? Será a morte? Não, não quero." Levantou-se de um salto, quis acender a vela, procurou com as mãos trêmulas, deixou castiçal e vela caírem no chão e voltou a desabar para trás, no travesseiro. "Por quê? Dá na mesma — falava para si, fitando a escuridão com os olhos abertos. — A morte. Sim, a morte. E ninguém sabe, nem quer saber, nem tem pena. Estão tocando. (Escutava o estrondo de vozes e ritornelos ao longe, atrás da porta.) Para eles dá na mesma, só que também vão morrer. Imbecis. Eu antes, eles depois; só que eles também.

E ficam felizes. Bestas!" O ódio afogava-o. E passou a sentir um tormento pesado e insuportável. Não era possível que todos estivessem sempre condenados a esse medo horrendo. Levantou-se.

"Há algo de errado; tenho que me acalmar, tenho que recapitular tudo de novo." E começou a recapitular. "Sim, o começo da doença. Uma batida de lado, e deu tudo na mesma, naquele dia e no seguinte; doeu um pouco, depois mais, depois os doutores, depois a tristeza, a angústia, os doutores de novo; e eu mais perto, cada vez mais perto do abismo. Menos forças. Mais perto, mais perto. E agora definhei, não tenho luz nos olhos. É a morte, mas eu fico pensando no ceco. Fico pensando em consertar o ceco, só que é a morte. Será a morte?" O terror voltou a se apossar dele que, ofegante, curvou-se, pôs-se a procurar os fósforos e bateu com o cotovelo na mesa de cabeceira. Esta o atrapalhava e machucava, de modo que ele se enfureceu, apoiou-se com mais força e derrubou-a. Desesperado e ofegante, desabou de costas, esperando a morte imediata.

Nessa hora, as visitas estavam indo embora. Praskóvia Fiódorovna acompanhava-as. Ouviu uma queda e entrou.

— O que você tem?

— Nada. Deixei cair sem querer.

Ela saiu e trouxe uma vela. Ele estava deitado, com a respiração pesada e rápida, como um homem que tinha corrido uma versta,[2] fitando-a com os olhos parados.

— O que você tem, Jean?

— Na...da. Dei...xei ca...ir. — "O que você está dizendo? Ela não vai entender" — pensou.

Exatamente: não entendeu. Levantou-se, acendeu a vela para ele e saiu apressada: precisava acompanhar as visitas.

Quando regressou, ele estava deitado de costas, olhando para cima.

— O que você tem, piorou?

— Sim.

---

2. Antiga medida russa equivalente a 1 067 km. [N. T.]

Ela abanou a cabeça e se sentou.

— Sabe, Jean, penso se não é o caso de chamar Leschetítski aqui em casa.

Isso significava chamar um médico famoso e não poupar dinheiro. Ele deu um sorriso venenoso e disse: "Não". Ela ficou sentada, achegou-se e beijou-o na testa.

Odiava-a com todas as forças da alma enquanto era beijado, e fez um esforço para não afastá-la.

— Adeus. Se Deus quiser, você vai dormir.

— Sim.

VI

Ivan Ilitch viu que estava morrendo, e seu desespero era constante.

No fundo da alma, sabia que estava morrendo, porém não apenas não se acostumava a isso, como simplesmente não entendia, não podia compreender de forma alguma.

Aquele exemplo de silogismo que aprendera na lógica de Kiesewetter[1] — Caio é uma pessoa, as pessoas são mortais, logo Caio é mortal — por toda sua vida parecera-lhe certo apenas com relação a Caio, mas jamais a si mesmo. Pois Caio era uma pessoa, uma pessoa em geral, e isso era totalmente justo; mas ele não era Caio nem uma pessoa em geral, e sempre fora em tudo, em tudo diferente de todas as outras criaturas; fora Vânia[2] com a mamãe, o papai, Mítia e Volódia,[3] com os brinquedos, o cocheiro, a babá, depois com Kátienka,[4] com todas as alegrias, pesares, entusiasmos da infância, juventude, mocidade. Por acaso para Caio havia aquele cheiro da bolinha de couro listrada, de que Vânia tanto gostava? Por acaso Caio beijava daquele jeito as mãos da mãe, e por acaso era para Caio que as pregas de seda do vestido da mãe farfalhavam daquele jeito? Por acaso ele protestara por causa de uns *pirojkí*[5] na Escola de Direito? Por acaso Caio se apaixonara tanto? Por acaso Caio podia conduzir audiências daquela forma?

1. Johann Gottfried Kiesewetter (1766-1819), filósofo alemão, seguidor e propagandista de Kant, autor de muitas obras, entre as quais um manual de lógica traduzido em russo. Nele, apresenta-se como exemplo o seguinte silogismo: "Caio é uma pessoa, as pessoas são mortais, logo Caio é mortal". Caio, no caso, refere-se a Caio Júlio César. [N. E.]
2. Diminutivo de Ivan. [N. T.]
3. Diminutivos de Dmitri e Vladímir. [N. T.]
4. Diminutivo de Iekatierina. [N. T.]
5. Espécie de pãezinhos recheados, assados ou fritos. [N. T.]

Caio é realmente mortal, e é justo que morra, mas eu, Vânia, Ivan Ilitch, com todos meus sentimentos e ideias, sou outra coisa. Não pode ser que me aconteça de morrer. Isso seria horrível demais. Ele se sentia assim.

"Se eu tivesse que morrer como Caio, então eu saberia, então minha voz interior me diria, só que não me ocorreu nada de parecido; eu e todos meus amigos entendemos que não temos nada a ver com Caio. Mas agora, olha só! — dizia a si mesmo. — Não pode ser. Não pode ser, mas é. Como assim? Como entender isso?"

Ele não conseguia entender e tentava expulsar esse pensamento mentiroso, injusto, doentio, substituindo-o por outros, justos e saudáveis. Só que essa ideia não era apenas uma ideia, mas a realidade, que retornava e parava na sua frente.

E convocava, um depois do outro, no lugar desses pensamentos, outros, na esperança de neles encontrar apoio. Tentou regressar à antiga cadeia de ideias que anteriormente o protegia da ideia da morte. Porém — coisa estranha —, tudo que antes protegia, ocultava, aniquilava a consciência da morte agora não mais conseguia fazê-lo. A maior parte dos últimos tempos Ivan Ilitch passava nessas tentativas de reestabelecer a cadeia prévia de sentimentos que protegiam da morte. Ora se dizia: "Vou me ocupar com o trabalho, já que vivia para ele". E ia para o tribunal, enxotando todas as dúvidas; participava das conversas dos colegas e, seguindo o velho hábito, passava um olhar distraído e meditativo pela multidão, agarrando com ambas as mãos descarnadas os braços da poltrona de carvalho, também como de costume inclinava-se para o colega, agitando o processo, cochichando e depois, soerguendo os olhos de repente e se aprumando, proferia as palavras determinadas e dava início ao caso. Porém, de repente, no meio do processo, sem prestar nenhuma atenção ao período de evolução do caso, a dor no flanco começava o *seu* processo de sucção. Ivan Ilitch concentrava-se, expulsava-a de sua mente, mas *ela* continuava seu curso, vinha, parava na frente dele e encarava-o; ele ficava petrificado, a luz de seus olhos se extinguia, e voltava a se perguntar: "Será que apenas *ela* está certa?".

E camaradas e subordinados, com assombro e desgosto, viam que aquele juiz tão brilhante e fino enganara-se, cometera um erro. Ele se sacudia, tentava voltar a si e, de alguma forma, levava a audiência até o fim, retornando para casa com a triste consciência de que, com os afazeres jurídicos, não conseguia mais, como antes, esconder de si o que desejava esconder; que, com os afazeres jurídicos, não tinha como se livrar *dela*. E o pior de tudo é que *ela* o distraía não para que ele fizesse outra coisa, mas apenas para que ele a encarasse, direto nos olhos, encarasse-a e, sem fazer nada, se atormentasse de forma indescritível.

E, para se salvar dessa situação, Ivan Ilitch buscava conforto, outros biombos, e outros biombos formavam-se e pareciam salvá-lo por pouco tempo, mas logo voltavam não exatamente a desmoronar, mas a ficar transparentes, como se *ela* se infiltrasse através de tudo, e nada pudesse detê-*la*.

Nos últimos tempos, acontecia de entrar na sala que decorara, naquela sala em que caíra e — como o ridículo de pensar naquilo o envenenava — por cuja construção sacrificara a vida, pois sabia que sua doença começara com aquela contusão, e ver que na mesa de verniz havia um vergão, um corte. Buscava a causa e encontrava-a no enfeite de bronze de um álbum deixado de lado. Pegava o álbum caro, que compusera com amor, e agastava-se com o desleixo da filha e suas amigas: aqui estava rasgado, ali os retratos estavam virados. Colocava tudo cuidadosamente em ordem, voltando a dobrar o enfeite.

Depois, vinha-lhe a ideia de transferir todo esse *établissement*[6] com os álbuns para outro canto, perto das flores. Chamava um lacaio: filha ou mulher acorriam em seu auxílio; não concordavam, contradiziam, ele discutia, ficava bravo; mas tudo estava bem, pois não se lembrava *dela*, não *a* via.

Mas aí a mulher dizia, quando ele estava fazendo a mudança: "Perdão, deixe os outros fazerem, você vai acabar se machucando

---

6. Estabelecimento, em francês no original. [N. T.]

de novo", e de repente *ela* cintilava através do biombo, ele *a* avista. *Ela* cintilava, ele ainda tinha a esperança de que *ela* se esconderia, mas, sem querer, ele prestava atenção ao flanco, e lá estava igual, doía igual, ele já não podia esquecer, e *ela* o fitava claramente por trás das flores. Para que isso tudo?

"A verdade é que aqui, nessa cortina, eu perdi a vida, como numa sortida. Será? Que terrível, e que estúpido! Não pode ser! Não pode ser, mas é."

Entrava no gabinete, deitava-se e ficava de novo sozinho com *ela*. Olho no olho, mas não havia nada a fazer. Só olhar para *ela* e gelar.

VII

Como isso aconteceu no terceiro mês da doença de Ivan Ilitch não dava para dizer, pois aconteceu passo a passo, mas o fato é que a mulher, a filha, o filho, a criadagem, os médicos e, principalmente, ele mesmo sabiam que o único interesse dele para os outros consistia apenas em quando finalmente desocuparia o lugar, libertaria os outros do constrangimento causado por sua presença e a si mesmo de seus sofrimentos.

Dormia cada vez menos; ministravam-lhe ópio, e começaram a injetar morfina. Só que isso não o aliviava. A angústia embotada que experimentava semiadormecido só o aliviara no começo, como novidade, para depois se tornar tão aflitiva quanto a dor em si, ou até mais.

Preparavam-lhe uma alimentação especial, de acordo com a prescrição médica; só que toda essa alimentação lhe parecia cada vez mais insípida e repugnante.

Também foram feitas adaptações especiais para sua evacuação, que era um tormento a cada vez. Um tormento devido à imundície, à indecência, ao cheiro e à consciência de que outra pessoa tinha que participar daquilo.

Porém, foi na coisa mais desagradável que surgiu o consolo de Ivan Ilitch. Quem sempre vinha limpar era o auxiliar de copeiro Guerássim.

Era um mujique jovem, limpo, com frescor, que engordara com a dieta da cidade. Sempre alegre, radiante. No começo, o aspecto sempre limpo daquele homem vestido à russa a realizar uma tarefa nojenta deixava Ivan Ilitch embaraçado.

Certa vez, levantando-se da comadre, sem forças para erguer as pantalonas, desabou na poltrona macia e, horrorizado, contemplou as coxas nuas e impotentes, com os músculos bem destacados.

De botas grossas, espalhando ao redor o aroma agradável de alcatrão e o frescor do ar invernal, Guerássim entrou com passo ligeiro e firme, avental limpo de cânhamo e camisa limpa de chita, mangas arregaçadas nos braços nus, fortes e jovens e, sem olhar para Ivan Ilitch — contendo-se, obviamente, para não ultrajar o doente com a alegria de viver que irradiava em seu rosto —, foi até a comadre.

— Guerássim — disse Ivan Ilitch, débil.

Guerássim se sobressaltou, obviamente com medo de ter feito alguma besteira, e virou para o doente, com um movimento rápido, o rosto fresco, bom, simples e jovem, no qual uma barba apenas começara a crescer.

— O que deseja?

— Acho que isso deve lhe ser desagradável. Desculpe-me. Eu não consigo.

— Perdão, senhor — Os olhos de Guerássim brilharam, e ele arreganhou os dentes brancos e jovens. — Por que eu não me daria ao trabalho? O seu caso é de doença.

Com mãos ágeis e fortes, cumpriu sua tarefa habitual e saiu, com passos leves. Cinco minutos depois, com passo igualmente leve, voltou.

Ivan Ilitch continuava sentado na poltrona.

— Guerássim — disse, quando o outro colocou a comadre limpa e lavada —, por favor, ajude-me a sair daqui — Guerássim foi. — Levante-me. É difícil para mim sozinho, e eu mandei Dmitri embora.

Guerássim foi; com os braços fortes, e a mesma leveza de passos, abraçou-o, ergueu-o de forma suave e hábil, sustentou-o, puxou as pantalonas com a outra mão e quis assentá-lo. Ivan Ilitch, porém, pediu para ser colocado no sofá. Sem esforço, e como se não o apertasse, Guerássim amparou-o, quase carregando, e acomodou-o no sofá.

— Obrigado. Como você faz tudo... bem, e com habilidade. Guerássim voltou a sorrir, e fez menção de sair. Porém, Ivan Ilitch se sentia tão bem com ele que não desejava liberá-lo.

— É o seguinte: aproxime, por favor, essa cadeira. Não, aquela, embaixo dos meus pés. Fico mais aliviado com os pés para cima.

Guerássim aproximou a cadeira, ajeitou-a sem barulho, baixando-a no chão de uma vez, e levantou as pernas de Ivan Ilitch, que teve a impressão de ficar mais aliviado quando Guerássim ergueu-lhe os pés.

— Sinto-me melhor com os pés para cima — disse Ivan Ilitch. — Ponha aqui mais uma almofada.

Guerássim o fez. Voltou a levantar os pés e colocou a almofada. Ivan Ilitch voltou a se sentir melhor quando Guerássim segurou-lhe as pernas. Quando elas foram largadas, teve a impressão de ficar pior.

— Guerássim — disse —, você está ocupado agora?

— De jeito nenhum, senhor — disse Guerássim, que aprendera com as pessoas da cidade a falar com os patrões.

— O que você ainda tem que fazer?

— O que tenho que fazer? Já fiz tudo, só falta rachar lenha para amanhã.

— Então você poderia me levantar as pernas de novo?

— Posso, como não — Guerássim levantou-lhe as pernas, e Ivan Ilitch teve a impressão de, naquela posição, não sentir dor alguma.

— E a lenha, como fica?

— Não se preocupe, por favor. Vamos dar um jeito.

Ivan Ilitch ordenou a Guerássim que se sentasse e lhe segurasse as pernas, e passou a falar com ele. E — coisa estranha — teve a impressão de se sentir melhor quando Guerássim lhe segurava as pernas.

Daí por diante, Ivan Ilitch passou a chamar Guerássim de vez em quando, fazia-o colocar suas pernas nos ombros e adorava conversar com ele. Guerássim realizava-o com leveza, de bom grado, de forma simples e com uma benevolência que enternecia

Ivan Ilitch. A saúde, força e vitalidade de todos os outros ofendiam Ivan Ilitch; apenas a força e a vitalidade de Guerássim não o agastavam, e sim tranquilizavam.

O principal tormento de Ivan Ilitch era a mentira, aquela mentira por alguma razão adotada por todos de que ele estava apenas doente, não moribundo, e de que precisava apenas ficar tranquilo e se tratar, e então tudo daria muito certo. Sabia, porém, que não importava o que fizesse, nada sairia dali além de sofrimentos ainda mais torturantes e a morte. E aquela mentira o atormentava por não desejarem admitir o que todos, inclusive ele, sabiam, e que quisessem mentir a respeito da gravidade terrível de sua situação, e que quisessem obrigá-lo a participar de tal mentira. Aquela mentira, uma mentira que lhe era imposta na véspera de sua morte, uma mentira destinada a rebaixar o terrível ato solene de sua morte ao nível de todas as visitas, cortinas, jantares com esturjão... era uma tortura horrível para Ivan Ilitch. E — estranho — muitas vezes, quando lhe pregavam essas peças, ficava por um fio de gritar: parem de mentir, vocês sabem e eu sei que estou morrendo, então parem, pelo menos, de mentir. Mas jamais teve ânimo de fazê-lo. Via que todos que o rodeavam rebaixavam o ato medonho e horrendo de seu falecimento ao nível de uma contrariedade casual, meio sem decoro (como uma pessoa que, ao entrar na sala de visitas, começa a exalar mau cheiro), aquele mesmo "decoro" ao qual servira por toda a vida; via que ninguém se compadecia dele, pois ninguém queria sequer entender sua situação. Apenas Guerássim compreendia a situação e tinha pena. Era por isso que Ivan Ilitch estava bem com Guerássim. Sentia-se bem quando ele segurava suas pernas, às vezes a noite inteira e, sem querer dormir, dizia: "Por favor, não se incomode, Ivan Ilitch, depois eu durmo"; ou quando, subitamente mudando o tratamento para "você", acrescentava: "Se você não estivesse doente, tudo bem, mas, como está, por que não cuidar?". Só Guerássim não mentia, era evidente em tudo que compreendia do que se tratava, não achava necessário esconder, e simplesmente tinha pena do patrão fraco, a definhar. Chegou a dizer, direto, quando Ivan o despachou:

— Vamos todos morrer. Por que não me esforçar? — disse, exprimindo que não se incomodava com seu trabalho justamente porque o fazia para um moribundo, esperando que, quando chegasse a sua hora, alguém também o fizesse por ele.

Além da mentira, ou em consequência dela, o que mais atormentava Ivan Ilitch era que ninguém se compadecia dele como desejaria que se compadecesse: nos minutos subsequentes a um longo sofrimento, o que mais desejava, embora se envergonhasse de admitir, era que alguém tivesse pena dele como de uma criança doente. Desejava ser acariciado, beijado e pranteado do jeito que acariciam e tranquilizam as crianças. Sabia que era um servidor importante, de barba grisalha e que, portanto, isso era impossível; desejava-o, porém, assim mesmo. No entanto, nas relações com Guerássim, havia algo perto disso e, por esse motivo, tais relações consolavam-no. Ivan Ilitch tinha vontade de chorar, tinha vontade de ser acariciado e pranteado, e daí vinha um colega, o servidor Chébek, e, em vez de choros e carinhos, Ivan Ilitch fazia uma cara séria, severa, de profunda meditação e, por inércia, exprimia sua opinião a respeito do significado de um recurso de apelação, aferrando-se obstinadamente a ela. Essa mentira ao seu redor e em si mesmo foi o que mais envenenou os últimos dias da vida de Ivan Ilitch.

VIII

Era manhã. Só era manhã porque Guerássim saíra, e viera o lacaio Piotr, apagara as luzes, abrira uma cortina e começara a arrumação baixinho. Fosse manhã, noite, sexta-feira, domingo, tudo dava na mesma, tudo era apenas uma coisa: a dor surda e torturante, que não sossegava por um instante; a consciência sem esperança de uma vida sempre a fugir, mas que ainda não se fora; a morte terrível e odiosa, sempre a avançar, que era a única realidade, e toda aquela mentira. Para que então os dias, semanas e horas do dia?

— Não vai pedir chá?

"Ele precisa de ordem, de que os senhores tomem chá de manhã" — pensou, e apenas disse:

— Não.

— Não tem vontade de passar para o sofá?

"Ele precisa colocar ordem no cômodo e eu atrapalho, sou a sujeira e a desordem" — pensou, e apenas disse:

— Não, deixe-me.

O lacaio continuou sua movimentação. Ivan Ilitch esticou o braço. Piotr aproximou-se, solícito.

— O que deseja?

— O relógio.

Piotr pegou o relógio, que estava ao alcance da mão, e o entregou.

— Oito e meia. Lá não se levantaram?

— Não, senhor. Vassili Ivánovitch (era o filho) foi para o colégio, e Praskóvia Fiódorovna mandou que a acordassem se o senhor pedisse. Deseja?

— Não, não precisa — "Por que não provar o chá?" — pensou.

— Sim, o chá... traga.

Piotr se encaminhou para a saída. Ivan Ilitch teve medo de ficar sozinho. "Como retê-lo? Sim, o remédio." — Piotr, dê-me o remédio — "Por que não, talvez o remédio ainda ajude." Pegou a colher, ingeriu. "Não, não ajuda. Tudo isso é um absurdo, um engano — decidiu, ao sentir o gosto conhecido, adocicado e desesperado. — Não, não consigo mais ter fé. Mas a dor, a dor, se pelo menos por um minuto ela sossegasse." E se pôs a gemer. Piotr regressou. — Não, vá. Traga o chá.

Piotr saiu. Sozinho, Ivan Ilitch passou a gemer não tanto de dor, por mais terrível que ela fosse, mas de angústia. "Tudo é igual, sempre igual, esses dias e noites sem fim. Que seja rápida. Que quem seja rápida? A morte, as trevas. Não, não. Tudo é melhor do que a morte!"

Quando Piotr retornou com o chá em uma bandeja, Ivan Ilitch pôs-se a examiná-lo longamente, confuso, sem entender quem e o que ele era. Piotr ficou desconcertado com esse olhar. E, quando Piotr ficou desconcertado, Ivan Ilitch voltou a si.

— Sim — disse —, o chá... muito bem, pode servir. Só me ajude a me lavar e botar uma camisa limpa.

E Ivan Ilitch começou a lavar-se. Com pausas de descanso, lavou as mãos, o rosto, limpou os dentes, penteou-se e olhou-se no espelho. Ficou com medo: o mais assustador eram os cabelos achatados e apertados contra a testa pálida.

Quando lhe trocaram a camisa, sabia que sentiria ainda mais medo se examinasse o próprio corpo, e não se olhou. Mas tudo estava acabado. Vestiu um avental, cobriu-se com uma manta e se sentou à poltrona, para o chá. Sentiu-se aliviado por um minuto, mas bastou começar a tomar o chá e de novo aquele mesmo gosto, aquela mesma dor. Acabou de beber com dificuldade e se deitou, esticando as pernas. Deitou-se e despachou Piotr.

Tudo sempre igual. Ora cintilava uma gota de esperança, ora se encapelava um mar de desespero, e sempre a dor, sempre a dor, sempre a angústia e tudo sempre único e igual. Sozinho, a angústia é terrível, quer chamar alguém, mas sabe de antemão que, na frente dos outros, é ainda pior. "Talvez morfina de novo, para esquecer. Vou dizer a ele, ao doutor, que pense em mais alguma coisa. É impossível, impossível assim."

Passa assim uma hora, duas. E daí uma campainha na antessala. Pode ser o doutor. Exatamente, é o médico, viçoso, animado, gordo, alegre com aquela expressão de que "alguma coisa andou assustando-o, mas agora vamos dar um jeito em tudo". O doutor sabe que aqui essa expressão não é adequada, mas já a adotou de uma vez por todas e não pode despi-la, como um homem que vestiu um fraque de manhã e saiu para fazer visitas.

O doutor esfrega as mãos, animado e tranquilizador.

— Estou gelado. Faz um frio de rachar. Deixem-me esquentar — diz, com uma expressão de que basta deixá-lo se esquentar um pouco que daí ele vai consertar tudo.

— Pois bem, e então?

Ivan Ilitch sente que o médico tem vontade de dizer "como vão os negócios?", porém, ao sentir que não dá para falar assim, pergunta "como passou a noite?".

Ivan Ilitch olha para o doutor com a expressão de quem pergunta: "será que você nunca tem vergonha de mentir?". O médico, porém, não deseja entender a pergunta.

E Ivan Ilitch diz:

— Terrível como sempre. A dor não passa, não se rende. Se houvesse algum jeito!

— Ah, sim, vocês, os pacientes, são sempre assim. Bem, agora, ao que parece, eu me aqueci, e nem a asseadíssima Praskóvia Fiódorovna teria nada a objetar contra minha temperatura. Pois bem, olá — E o doutor aperta-lhe a mão.

E, deixando de lado toda a brejeirice anterior, o médico começa, com ar sério, a examinar o doente, o pulso, a temperatura, dando início às batidas e auscultações.

Ivan Ilitch tem a indubitável certeza de que tudo isso é um absurdo, e um engano vazio, porém, quando o doutor, ajoelhado, estica-se sobre ele, encostando o ouvido ora em cima, ora embaixo, fazendo diversas evoluções de ginástica em cima dele com cara de importante, Ivan Ilitch submete-se a isso como acontecia de submeter-se aos discursos dos advogados quando sabia que estavam sempre mentindo, e por que motivo.

De joelhos no sofá, o doutor ainda dava suas batidas quando o vestido de seda de Praskóvia Fiódorovna farfalhou à porta, e Piotr foi repreendido por não a informar da chegada do médico.

Ela entra, beija o marido e imediatamente começa a demonstrar que já estava acordada há tempos, e só não estivera ali quando da chegada do doutor por engano.

Ivan Ilitch examina-a, olha-a por inteiro e a recrimina pela brancura, por ser roliça, pela limpeza das mãos, do pescoço, pelo brilho do cabelo e o cintilar dos olhos cheios de vida. Odeia-a com todas as forças do espírito. E o toque dela o obriga a padecer de um acesso de ódio.

Sua relação com ele e a doença era sempre a mesma. Assim como o médico elaborara uma atitude para com os pacientes que não conseguia mais despir, ela também elaborara uma atitude para com ele — a de que ele não fazia o necessário, tinha culpa, e era amorosamente repreendido por isso — que não conseguia mais despir.

— Mas ele não escuta! Não toma o remédio na hora. E o mais grave é que fica deitado numa posição que provavelmente faz mal, com os pés para cima.

E contava como ele obrigava Guerássim a segurar-lhe as pernas.

O médico deu um sorriso de afável desdém, que dizia: "Que fazer, esses pacientes inventam às vezes cada idiotice; mas dá para perdoar".

Quando o exame terminou, o doutor olhou para o relógio, e então Praskóvia Fiódorovna notificou Ivan Ilitch que, quisesse ou não, ela tinha chamado um médico famoso que, junto com Mikhail Danílovitch (esse era o nome do médico de sempre), examinaria ele e discutiria.

— Não se oponha, por favor. Estou fazendo isso por mim mesma — disse, irônica, dando a entender que fazia tudo por ele e que isso bastava para não lhe dar o direito de recusar. Ele ficou em silêncio e franziu o cenho. Sentia que a mentira que o rodeava era tão embrulhada que ficara difícil discernir qualquer coisa.

Tudo que fazia com ele, ela fazia apenas por si mesma; só que, ao dizer-lhe que fazia por si o que realmente fazia por si, a coisa ficava tão improvável que ele tinha que entender o contrário.

De fato, o célebre doutor chegou às onze e meia. Voltaram a ocorrer auscultações e conversas significativas, na frente do paciente e no outro quarto, sobre o rim, o ceco, e as perguntas e respostas tinham um ar tão significativo que, em vez da questão real de vida e morte, que era a única que restava diante de Ivan Ilitch, veio a questão sobre o rim e o ceco, que não funcionavam adequadamente, e que seriam imediatamente atacados por Mikhail Danílovitch e pela celebridade, que os obrigariam a se emendar.

O célebre médico despediu-se com ar sério, porém não desesperado. E à pergunta tímida, que Ivan Ilitch endereçou-lhe com os olhos erguidos, com um brilho de medo e esperança, se havia possibilidade de recuperação, ele respondeu que não dava para garantir, mas que havia possibilidade. O olhar de esperança com que Ivan Ilitch seguiu o médico era tão penoso que, ao avistá-lo, Praskóvia Fiódorovna chegou até a chorar quando saiu pela porta do gabinete para pagar os honorários da celebridade.

A elevação de espírito suscitada pela promessa de esperança do médico durou pouco. De novo aquele mesmo quarto, de novo os quadros, cortinas, papel de parede, frascos e o mesmo corpo enfermo e sofredor. E Ivan Ilitch começou a gemer; aplicaram-lhe uma injeção, e ele adormeceu.

Despertou ao cair da tarde; levaram-lhe o jantar. Engoliu o caldo com dificuldade; de novo a mesma coisa, de novo a chegada da noite.

Depois do jantar, às sete, Praskóvia Fiódorovna entrou no quarto, em vestido de noite, os peitos gordos apertados e traços de pó no rosto. De manhã ela já o tinha lembrado de que iriam ao teatro. Sarah Bernhardt estava na cidade, e a família tinha um camarote, comprado por insistência dele. Agora se esquecera, e o traje da mulher ofendia-o. Porém, escondeu a ofensa ao se lembrar de que insistira para que adquirissem o camarote e fossem, pois seria um prazer educativo e estético para os filhos.

Praskóvia Fiódorovna entrou satisfeita consigo mesma, porém como se sentisse culpa. Sentou-se e perguntou da saúde, mas ele viu que foi só por perguntar, e não para saber, já que não havia nada para saber, e passou a falar do que queria: que não iria de jeito nenhum, mas que o camarote já estava comprado, que iriam Helen, a filha e Petríschev (o juiz de instrução, noivo da filha), e que não era possível deixá-los sozinhos. Mas que ela gostaria mais de ficar com ele. E que ele, mesmo sem ela, seguisse as prescrições médicas.

— Ah, Fiódor Petróvitch (o noivo) quer entrar. Pode? Liza também.

— Que entrem.

A filha entrou ataviada, com o jovem corpo desnudo, aquele mesmo corpo que o obrigava a sofrer. E ela o exibia. Forte, saudável, visivelmente apaixonada e indignada com a doença, sofrimento e morte que atrapalhavam sua felicidade.

Entrou também Fiódor Petróvitch, de fraque, cabelo frisado *à la Capoul*,[1] pescoço comprido e fibroso sujeito à estreiteza do colarinho branco, peitilho branco enorme e coxas fortes apertadas em calças pretas estreitas, luvas brancas em uma mão e claque na outra.

Atrás dele entrou, furtivo, o colegial, de uniformezinho novo, coitadinho, de luvas e com um azul horrível em volta dos olhos, que Ivan Ilitch sabia o que queria dizer.

O filho sempre lhe parecera lastimável. E seu olhar temeroso e condoído era assustador. Ivan Ilitch tinha a impressão de que, além de Guerássim, apenas Vássia[2] o compreendia e tinha pena.

Todos se sentaram e voltaram a perguntar da saúde. Fez-se silêncio. Liza perguntou à mãe do binóculo. Houve uma altercação entre mãe e filha sobre quem o perdera. Foi desagradável.

---

1. A expressão vem do tenor francês Victor Capoul (1839-1924), cujo penteado frisado virou moda no século XIX. [N. T.]
2. Diminutivo de Vassili. [N. T.]

Fiódor Petróvitch perguntou a Ivan Ilitch se ele já tinha visto Sarah Bernhardt. Inicialmente ele não entendeu a pergunta, depois disse:

— Não; o senhor já viu?

— Já, em *Adrienne Lecouvreur*.[3]

Praskóvia Fiódorovna disse que ela estivera especialmente bem naquele papel. A filha retrucou. Começou uma conversa sobre a elegância e o realismo de sua atuação — o mesmo tipo de conversa que sempre acontece nessas mesmas ocasiões.

No meio da conversa, Fiódor Petróvitch olhou para Ivan Ilitch e se calou. Os outros olharam e se calaram. Ivan Ilitch olhava para a frente com os olhos brilhando, visivelmente indignado com eles. Era preciso dar um jeito naquilo, mas não havia como. Era preciso romper o silêncio de alguma forma. Ninguém se decidia, e todos ficavam com medo de que, de repente, a decorosa mentira desmoronasse, e todos vissem com clareza as coisas como eram. Liza foi a primeira a se decidir. Ela rompeu o silêncio. Queria esconder o que todos sentiram, mas acabou deixando escapar.

— Olha, *se nós vamos*, está na hora — disse, olhando para o relógio, presente do pai, dando um sorriso quase imperceptível para o jovem, com um significado que só os dois conheciam, e farfalhando o vestido ao se levantar.

Todos se levantaram, despediram-se e partiram.

Quando eles saíram, Ivan Ilitch teve a impressão de se sentir mais leve: não havia mais a mentira, que tinha saído com eles, mas a dor permanecia. Aquela mesma dor, aquele mesmo medo, nem mais pesados, nem mais leves. Tudo estava pior.

De novo, minuto voltou a seguir minuto, hora a seguir hora, tudo igual, e tudo sem fim, e o mais aterrador era o fim inescapável.

— Sim, mande vir Guerássim — respondeu à pergunta de Piotr.

---

3. Peça de Ernest Legouvé e Eugène Scribe, estreada em Paris em 1849, que retrata a vida e a misteriosa morte da atriz homônima do século XVIII. [N. T.]

IX

A mulher voltou tarde da noite. Caminhava na ponta dos pés, mas ele a ouvia: abriu os olhos e, apressadamente, voltou a fechá--los. Ela queria colocar Guerássim para dormir e substituí-lo. Ivan Ilitch abriu os olhos e disse:
— Não. Vá embora.
— Está sofrendo muito?
— Dá na mesma.
— Tome ópio.
Concordou e tomou. Ela se foi.
Até as três horas, permaneceu em penoso esquecimento. Teve a impressão de estar sendo empurrado para dentro de um saco preto estreito e profundo, que enfiavam com cada vez mais força, sem conseguir chegar até o fim. E essa coisa terrível acontecia com sofrimento. Tinha medo e queria se afundar, resistia e ajudava. E eis que, de repente, despencou, caiu e acordou. Guerássim continuava sentado do mesmo jeito ao pé da cama, cochilando tranquilo e paciente. Já ele estava deitado, com os pés descarnados e com meias nos ombros do criado; a mesma vela no abajur, e a mesma dor incessante.
— Vá embora, Guerássim — sussurrou.
— Não é nada, senhor, fico aqui.
— Não, vá embora.
Baixou os pés, deitou de lado sobre o braço e teve pena de si mesmo. Esperou apenas que Guerássim fosse para o cômodo vizinho para parar de se segurar, chorando como uma criança. Chorava devido ao desamparo, à terrível solidão, à crueldade das pessoas, à crueldade de Deus, à ausência de Deus.

"Por que você fez isso tudo? Por que me trouxe para cá? Para que, para que você me submete a uma tortura tão horrível?"

Não esperava resposta, e chorava porque não havia e nem podia haver resposta. A dor voltou a se manifestar, mas ele não se agitou nem chamou. Dizia para si: "De novo, bata mais! Mas por quê? O que foi que eu lhe fiz, por quê?".

Depois sossegou, parando não apenas de chorar, mas também de respirar, e se fez todo atenção; como se ouvisse não a voz que falava por sons, mas a voz da alma, a torrente de ideias que se formava dentro dele.

— Do que você precisa? — foi a primeira coisa clara e passível de exprimir com palavras que ouviu. — Do que precisa? Do que precisa? — repetia para si. — Do quê? — Não sofrer. Viver — respondeu.

E voltou a se fazer todo atenção, de forma tão tensa que nem a dor o distraía.

— Viver? Viver como? — perguntou a voz da alma.

— Sim, viver como eu vivia antes: de um jeito bom, agradável.

— Como você vivia antes, de um jeito bom e agradável? — perguntou a voz. E começou a rever na imaginação os melhores momentos de sua vida agradável. Porém — coisa estranha —, todos esses melhores momentos da vida agradável agora não tinham nada da aparência que tinham antes. Todos, menos as primeiras lembranças da infância. Lá, na infância, houvera algo realmente agradável, que valeria a pena viver, se regressasse. Mas a pessoa que desfrutara desse agrado não mais existia: era como se fosse uma lembrança de outro.

Bastou começar aquilo cujo resultado era o Ivan Ilitch de hoje para tudo que então lhe parecera alegria derreter diante de seus olhos e se converter em algo insignificante e, com frequência, abjeto.

Quanto mais distantes da infância e mais próximas do presente, mais suas alegrias eram insignificantes e duvidosas. Começou com a Escola de Direito. Lá ainda havia algo de verdadeiramente bom: lá havia felicidade, lá havia amizade, lá havia esperança. Porém, nos anos mais avançados, esses momentos bons já se faziam mais raros. Depois, no tempo do primeiro emprego, com o governador, voltaram a surgir bons momentos: as lembranças do amor pela mulher. Depois tudo isso se confundia, e passava a haver menos coisas boas. Mais adiante, menos coisas boas e, ainda mais adiante, menos ainda.

O casamento... que acaso, que decepção, o odor da boca da mulher, a sensualidade, o fingimento! Aquele trabalho morto, aquelas preocupações com dinheiro, e assim um ano, dois, dez, doze, e tudo sempre igual. E quanto mais avançava, mais morto. "Era como se eu descesse uma montanha com passos regulares, imaginando que estava a escalá-la. Foi assim. Na opinião geral, eu estava escalando, e a vida me escapava debaixo dos pés na mesma medida... E agora pronto, morra!"

Mas o que é isso? Por quê? Não pode ser. Não pode ser que a vida tenha sido tão sem sentido e abjeta. E se ela foi apenas tão abjeta e sem sentido, então por que morrer, e morrer no sofrimento? Alguma coisa não bate.

"Talvez eu não tenha vivido como deveria" — passou-lhe de repente pela cabeça. "Mas como não, se eu fiz tudo como tem que ser?" — disse para si, afastando de imediato, como algo completamente impossível, a única solução para todos os enigmas da vida e da morte.

"O que você quer agora? Viver? Viver como? Viver como você vive no tribunal, quando o oficial de justiça proclama: 'Está aberta a sessão!' Está aberta a sessão, a sessão está aberta — repetia para si. — Começou o julgamento! Só que eu não sou culpado! — gritava, com raiva. — Para quê?" Parou de chorar e, virando o rosto para a parede, pôs-se a pensar em uma única e exclusiva coisa: para quê, por que todo aquele horror?

Porém, por mais que pensasse, não encontrava resposta. E quando lhe ocorria, como ocorria com frequência, a ideia de que tudo aquilo estava acontecendo porque ele não vivera como deveria, recordava de imediato toda a retidão de sua vida e afastava aquela ideia estranha.

X

Passaram mais duas semanas. Ivan Ilitch não se levantava mais do sofá. Não queria ficar na cama, e se mudara para o sofá. E, deitado quase o tempo inteiro com a cara virada para a parede, sofria sozinho os mesmos sofrimentos insolúveis, e pensava sozinho na mesma questão insolúvel. O que é isso? Será verdade que é a morte? E uma voz interior respondia: sim, é verdade. Por que esses sofrimentos? E a voz respondia: é assim, não tem porquê. E não havia nada além disso.

Desde o começo da doença, desde a primeira ida de Ivan Ilitch ao médico, sua vida se dividira em dois estados de espírito opostos, que se alternavam: ora o desespero e a espera por uma morte incompreensível e horrenda, ora a esperança e o interesse em observar o funcionamento do corpo. Ora tinha diante dos olhos apenas o rim ou o ceco desviando-se temporariamente do cumprimento de suas obrigações, ora tinha apenas a morte horrenda e incompreensível, da qual não havia escapatória.

Esses dois estados de espírito se alternavam desde o começo da doença; porém, quanto mais a moléstia avançava, mais duvidosas e fantásticas se tornavam as considerações a respeito do rim, e mais real a consciência da morte iminente.

Bastava recordar como era três meses atrás e como estava agora, recordar a regularidade com que descia a montanha para que qualquer possibilidade de esperança se esvaísse.

Nos últimos tempos, naquela solidão medonha em que se encontrava, deitado no sofá, com a cara virada para a parede — aquela solidão numa cidade populosa, em meio a seus inúmeros conhecidos e familiares, uma solidão que não podia ser mais completa nem no fundo do mar, nem na terra —, Ivan Ilitch vivia apenas pensando no passado. Os quadros de seu passado apresentavam-se um atrás do outro. Começavam sempre com o tempo mais próximo e se estendiam até o mais distante, a infância, e por lá ficavam. Se Ivan Ilitch recordasse a ameixa seca cozida que tinham lhe dado para comer hoje, lembrava-se da ameixa seca francesa, crua e enrugada, da infância, seu gosto peculiar, que deixava a boca cheia de saliva quando se chegava ao caroço, e essa lembrança do gosto suscitava toda uma fileira de recordações daquela época: a babá, o irmão, os brinquedos. "Não tenho que pensar nisso... é doloroso demais" — Ivan Ilitch dizia para si, voltando a se transportar para o presente. Um botão no encosto do sofá e rugas no marroquim. "O marroquim é caro, frágil: houve discussão por causa dele. Mas houve outro marroquim e outra discussão quando rasgamos a pasta do papai e fomos punidos, mas a mamãe trouxe uns *pirojkí*." E voltava a se deter na infância, o que voltava a ser doloroso, e Ivan Ilitch se empenhava em afastar aquilo e pensar em outra coisa.

E novamente, junto com essa cadeia de recordações, havia uma outra que lhe ia na alma, a respeito do recrudescimento e do crescimento de sua doença. Aqui também, quanto mais recuava, mais vida havia. Havia mais bondade na vida, e havia mais da própria vida. As duas cadeias se fundiam. "Assim como o tormento vai ficando cada vez pior, minha vida inteira foi ficando cada vez pior" — pensava. Apenas um ponto luminoso lá atrás, no começo da vida, e depois tudo cada vez mais negro e cada vez mais rápido. "Inversamente proporcional ao quadrado da distância da morte" — pensou Ivan Ilitch. E essa imagem da pedra despencando com velocidade crescente lhe calou na alma. A vida era uma sucessão de sofrimentos crescentes, voando cada vez mais rápido para o fim, o mais medonho dos sofrimentos. "Estou voando..." Estremecia, mexia-se, queria resistir; mas já sabia que não havia como se opor e, novamente, com os olhos cansados de olhar, mas impossibilitados de não olhar para o que estava diante deles, fitava o encosto do sofá e aguardava, aguardava aquela queda medonha, o choque e a destruição. "Não dá para resistir" — dizia para si. "Mas se ao menos entendesse para quê. Só que também não dá. Talvez desse para explicar, se dissesse que não vivi como deveria. Isso, porém, é impossível reconhecer" — dizia para si, recordando a observância das leis, a justeza e a decência de sua vida. "É impossível admitir isso" — dizia para si, com os lábios sorridentes, como se alguém pudesse ver esse sorriso e ser ludibriado por ele. "Não tem explicação! Tormento, morte... Para quê?"

XI

Assim passaram duas semanas. Nessas semanas, sucedeu o desejado por Ivan Ilitch e sua mulher: Petríschev fez um pedido formal de casamento. Isso aconteceu à noite. No dia seguinte, Praskóvia Fiódorovna foi até o marido, ponderando como avisá-lo do pedido de Fiódor Petróvitch mas, naquela mesma noite, Ivan Ilitch sofrera uma nova mudança para pior. Praskóvia Fiódorovna encontrou-o no mesmo sofá, mas em outra posição. Estava deitado de costas, gemia e olhava para a frente com olhar fixo.

Ela se pôs a falar de remédios. Ele transferiu o olhar para ela. A mulher não terminou de dizer o que começara, tamanho o ódio que aquele olhar exprimia, justamente contra ela.

— Por Cristo, deixe-me morrer em paz — disse.

Ela teve vontade de sair, mas, naquela hora, a filha entrou e foi cumprimentar. Ele olhou para a filha do mesmo jeito que para a mulher, respondendo suas perguntas sobre a saúde de forma seca, dizendo que logo libertaria a todos de si. Elas se calaram, se sentaram e depois se foram.

— Que culpa nós temos? — disse Liza à mãe. — Como se fosse obra nossa! Tenho pena do papai, mas por que ele nos atormenta?

O doutor veio na hora habitual. Ivan Ilitch respondia-lhe "sim, não", sem desviar dele o olhar exasperado e, no fim, disse:

— Como o senhor sabe que não tem como me ajudar, deixe-me.

— Podemos aliviar o sofrimento — disse o médico.

— Não pode nem isso; deixe-me.

O médico se encaminhou à sala de visitas e informou Praskóvia Fiódorovna que o paciente estava muito mal, e que havia apenas um meio — o ópio — de aliviar seus sofrimentos, que deviam ser horríveis.

O doutor disse que seu sofrimento físico era horrível, o que era verdade; mas ainda mais horrível do que o sofrimento físico era o sofrimento moral, onde residia a maior parte de seu tormento.

O sofrimento moral consistia em que, naquela noite, ao olhar para o rosto sonolento, bonachão e de maçãs salientes de Guerássim, de súbito lhe veio à mente: e se, de fato, toda a minha vida, a vida consciente, tiver sido "imprópria"?

Veio-lhe à mente que aquilo que antes parecia uma completa impossibilidade, que não tivesse passado a vida como devia, pudesse ser verdade. Veio-lhe à mente que suas intenções quase imperceptíveis de lutar contra aquilo que as pessoas de posição elevada consideravam bom, que ele imediatamente afastava de si, essas intenções é que podiam ser a realidade, e todo o resto era impróprio. Seu trabalho, a organização de sua vida, sua família, os interesses da sociedade e do serviço, tudo isso podia ser impróprio. Tentou defender tudo aquilo perante si mesmo. E, de repente, sentiu toda a debilidade do que defendia. Não havia nada a defender.

"Mas se for isso — disse para si —, vou sair da vida com a consciência de que arruinei tudo que me foi dado, de que não dá para consertar, e daí?" Deitou-se de costas e pôs-se a reexaminar toda sua vida de forma completamente distinta. Ao ver de manhã o lacaio, depois a mulher, depois a filha, depois o médico, cada um de seus movimentos, cada uma de suas palavras confirmava a horrível verdade que a noite lhe revelara. Via neles a si mesmo, tudo por que vivera, e via com clareza que tudo aquilo era impróprio, tudo aquilo era um erro horrível e imenso, que escondia a vida e a morte. A consciência disso intensificou, decuplicou seu sofrimento físico. Gemia, remexia-se e arrancava a roupa. Tinha a impressão de que ela o sufocava e oprimia. E por isso os odiava.

Deram-lhe uma grande dose de ópio, ele desfaleceu; ao jantar, porém, recomeçou tudo de novo. Expulsou todo mundo e ficava se remexendo, desvairado.

A mulher foi até ele e disse:

— Jean, queridinho, faça isso por mim (por mim?). Isso não tem como fazer mal, e muitas vezes ajuda. Veja, não é nada. Muitas vezes, mesmo as pessoas saudáveis...

Ele abriu bem os olhos.

— O quê? A comunhão? Para quê? Não precisa! A propósito...

Ela se pôs a chorar.

— Sim, meu amigo? Vou chamar o nosso, ele é tão querido.

— Maravilha, muito bem — ele afirmou.

Quando veio o sacerdote e o confessou, ele se acalmou, sentindo algo como um alívio por suas dúvidas e, consequentemente, do sofrimento, no que encontrou um minuto de esperança. Voltou a pensar no ceco e na possibilidade de consertá-lo. Comungou com lágrimas nos olhos.

Quando o deitaram após a comunhão, sentiu leveza por uns instantes, e voltou a surgir esperança de vida. Pôs-se a pensar na operação que lhe propuseram. "Viver, quero viver" — dizia para si. A mulher veio cumprimentar, disse as palavras usuais e acrescentou:

— Não é verdade que você está melhor?

Sem olhar para ela, ele disse: sim.

Sua roupa, sua compleição, a expressão de seu rosto, o som de sua voz, tudo isso dizia ao marido só uma coisa: "É impróprio. Tudo por que vivemos e você vive é uma mentira, um engano, que esconde de você a vida e a morte". Bastou ele pensar isso para se erguer o ódio e, junto com o ódio, o torturante sofrimento físico e, com o sofrimento, a consciência da ruína próxima e inescapável. Aconteceu algo de novo: uns giros, umas pontadas, um aperto na respiração.

A expressão de seu rosto, ao dizer "sim", era horrível. Ao dizer aquele "sim", encarando-a, virou-se de bruços com uma rapidez rara para a sua fraqueza e gritou:

— Saiam, saiam, deixem-me!

XII

Naquele momento começaram três dias de uma gritaria contínua, tão medonha que não era possível ouvir através de duas portas sem se horrorizar. No minuto em que respondeu à mulher, compreendeu que estava perdido, que não tinha volta, que tinha chegado ao fim, o fim total, e a dúvida não estava resolvida, continuava a dúvida.

— Oh! Oh! Oh! — gritava, com diversas entonações. Começara a gritar: "Não quero!", e continuava a gritar na letra "o".

Por três dias inteiros, no decorrer dos quais o tempo não existia para ele, debatia-se naquele saco preto no qual uma força invisível e invencível o enfiava. Lutava como um condenado à morte nas mãos do carrasco, sabendo que não tinha como se salvar; e a cada minuto sentia que, apesar de todo o esforço do combate, ficava cada vez mais próximo do que o aterrorizava. Sentia que seu tormento consistia em ser enfiado naquele buraco negro, e mais ainda em não poder se meter nele. O que o impedia de se meter nele era o reconhecimento de que sua vida era boa. Tal justificação de sua vida o prendia, não o deixava avançar e o atormentava mais do que tudo.

De repente, uma força o golpeou no peito, no flanco, a respiração apertou ainda mais, ele caiu no buraco e lá, no fim do buraco, algo acendeu. Acontecia o que se passa nos vagões do trem, quando você acha que está indo para a frente, mas vai para trás e, de repente, fica sabendo qual é a direção certa.

— Sim, tudo foi impróprio — dizia para si —, mas isso não é nada. É possível, é possível fazer o "próprio". Mas o que é o "próprio"? — perguntou-se, e se calou de repente.

Isso foi no fim do terceiro dia, uma hora antes de sua morte. Nessa mesma hora, o colegial penetrou de mansinho no quarto do pai e foi até seu leito. O moribundo gritava o tempo todo, em desespero, e agitava as mãos. Suas mãos caíram na cabeça do menino. O colegial tomou-as, levou-as até os lábios e se pôs a chorar.

Nessa hora, Ivan Ilitch despencou, viu a luz, e revelou-se que sua vida não fora como devia ter sido, mas que ainda dava para consertar. Perguntou a si mesmo: o que é "próprio", e se calou, apurando o ouvido. Daí sentiu que alguém lhe beijava as mãos. Abriu os olhos e viu o filho. Teve pena dele. A mulher se aproximou. Olhou para ela. Fitava-o com expressão de desespero, de boca aberta, lágrimas a lhe banhar o nariz e as faces. Teve pena dela.

"Sim, eu os estou torturando — pensou. — Dão pena, mas vão melhorar quando eu morrer." Quis dizer isso, mas não teve forças para exprimir. "Aliás, para que falar, preciso fazer" — pensou. Com o olhar, indicou o filho para a mulher e disse:

— Leve... dá pena... você também... — Quis dizer "desculpa", mas disse "licença" e, sem forças para corrigir, fez um gesto com a mão, sabendo que seria compreendido do jeito certo.

E de repente ficou claro para ele que o que o atormentava e não ia embora estava indo embora de repente, de dois lados, de dez lados, de todos os lados. Eles dão pena, é preciso fazer com que não lhes seja doloroso. Livrá-los e livrar-se desse sofrimento. "Como é bom e como é simples — pensou. — E a dor? — perguntou a si mesmo. — Para onde ela foi? Olha só, cadê você, dor?"

Pôs-se a prestar atenção.

"Sim, ei-la. Pois bem, que seja a dor."

"E a morte? Cadê ela?"

Procurou seu antigo e habitual medo da morte e não o encontrou. Cadê ela? Que morte? Não havia medo algum, pois não havia também a morte.

Em vez da morte, havia a luz.

— Então é isso! — disse de repente, em voz alta. — Que alegria!

Para ele, tudo isso ocorreu em um instante, e o significado desse instante não mais se alterou. Para os presentes, porém, sua agonia se prolongou por mais duas horas. Algo fervilhava em seu peito; seu corpo macilento estremecia. Depois o fervilhar e o estertor foram rareando.

— Acabou! — disse alguém acima dele.

Ele ouviu tais palavras e as repetiu na alma. "Acabou a morte — disse para si. — Ela não existe mais."

Inalou ar, parou no meio do suspiro, aprumou-se e morreu.